海空陸
RIKU MISORA
繪者 WON
8

落第騎士英雄譚
Cavalry
8
©Won

「明天是我的比賽先開始。
我會早一步在決賽等你。」
©Won

史黛菈門志高昂的鮮紅雙眸淡淡瞥過一輝，
接著離開了公園。
©Won

『〈紅蓮皇女〉史黛菈・法米利昂的七星劍武祭，
就到此為止了！』
©Won

©Won

「我打算放棄這場比賽」。
天音突然做出這番出乎意料的宣言，
使得會場頓時譁然。
©Won

CONTENTS

間章
為了讓自己不再後悔

現在只要閉上雙眼，依舊記憶猶新。

在她年幼時，與最愛的兄長共度的每一天。

自己總是跟在他的身後轉來轉去。

自己並不擅長撒嬌，只會跟在他身後，不敢找他說話……但是兄長只要見到自己的身影，就會揚起微笑，呼喚自己的名字，對自己招招手。

兄長的舉動，總是令她非常開心。

然後，她回應兄長的呼喚，靠了過去之後，他便會溫柔地撫摸自己的頭。

這個觸感，總是令她幸福無比。

稀鬆平常的每一天，真的洋溢著滿滿的幸福。

——當時的她……實在是愚蠢至極。

沒錯，黑鐵珠雫總是怒罵、甚至詛咒以前的自己……當時的她懵懂無知，只會貪求兄長的愛情。

現在仔細回想，「陰影」其實就存在於那段生活的每一個角落。

可能是在眾多親戚聚集的場合。

或是自己等人理所當然地接受劍與魔法的訓練時，遠遠眺望自己的那道雙眸中。

又或者是當她在寬廣的宅邸中好不容易找到了兄長，見到兄長的那張側臉之中——

兄長只要察覺自己的視線，馬上就會將「陰影」藏在笑容背後……自己也不曾多加思考，一味享受那張笑容。

但是……「陰影」確實存在。

兄長從那個時候開始，就不斷地戰鬥。

他拚命抵抗自己周遭荒謬的一切。

當時自己從未察覺兄長的心情。

她只會享受兄長的寵愛，沒能幫助他。

但是……現在不一樣。

兄長重視什麼，期待什麼。

現在的自己全都一清二楚。

而且……**自己也明白，應該為兄長做些什麼。**

只要是為了哥哥——我就算失去一切也甘之如飴。

第十一章 鮮血的真相

「今天在比賽開始的前一刻，我會去準備室偷襲紫乃宮天音。」

「咦…………」

平時的成員再加上莎拉・布拉德莉莉，一行人前往百貨公司之後。

兩人先一步離開，準備回到會場的途中……黑鐵珠雫對走在身邊的有栖院坦白了一切。

「珠雫……妳、說什麼……」

珠雫的這番話實在太過驚人，有栖院不禁回問。

從珠雫的神情看來，彷彿下了什麼決心。她回答道：

「就是字面上的意思，艾莉絲。我思考了很久，才終於想出如何對付〈厄運（Bad Luck）〉紫乃宮天音的能力——〈女神過剩之恩寵（Nameless Glory）〉……而這就是我想出來的方法。

〈女神過剩之恩寵〉這種因果干涉系能力，乍看之下的確擁有相當強勁的強制力。

而我只擁有自然干涉系的能力，他要是以這種能力祈求我的失敗、或是祈求自己的勝利……那我很難顛覆這個結果。

一切的因果肯定會流向他所期待的結果。

我一定會像〈白衣騎士〉，或是今天的第二輪比賽一樣，偶然發生某種狀況後，就此敗北。

這是必定會發生的結果。假如就這樣放著不管，我甚至無法站上第三輪的戰圈。我的刀刃一定無法觸及他。

那麼……我就故意利用這個必然。」

「利用？」

「沒錯。以我的敗北……**以我犯規出局為前提，擊敗那個男人**。我自己故意採取可能因犯規退賽的行動，就能不觸發干涉因果的力量，接近天音。我如果用這種方法，就能在〈女神過剩之恩寵〉面前通行無阻，我的刀就能傷到他。」

珠雫分析前因後果，導出了這個答案。

有栖院聽完，也明白她的想法。

天音的能力確實是超脫常理，但只要利用這個方法，他的能力就會出現漏洞。

而且他對自己的能力擁有絕對的自信，珠雫這麼做還能出其不意。

從攻守雙方來看，都是相當出色的點子。

但是——

「可是珠雫這麼做，最後還是會因為犯規退賽啊!?」

問題就在這裡。

珠雫若要使用這個方法，就必須主動放棄比賽。

不然這個方法就不可能成立。

那麼珠雫這麼做，就沒有任何意義可言。

但是珠雫對此，只說了一句話——

「無所謂。」

她果斷地說道。

「妳說什麼……！」

「我是自然干涉系的伐刀者（Blazer），無法隨意干涉因果。假設是在比賽中，我還有辦法對付他，但是他在比賽開始之前就驅動了因果，我完全無計可施。不過……我可不打算乖乖就範，與其就這樣被迫棄權，還不如拖他下水。而且艾莉絲應該也聽見，那個男人在史黛菈同學的比賽結束後，對哥哥說了些什麼。」

「…………是啊。」

『所以、所以啊，你要受更多更多的傷，流更多更多的血，更加更加磨耗自己喔。我會為這樣的一輝加油，直到喉嚨啞了為止。因為我還想一直、一——直看著一輝反抗命運，漸漸崩潰的模樣啊！』

他那汙濁至極、令人恐懼的笑容與這番話，深深刻印在有栖院的腦海裡。

「我不能再讓這麼危險的傢伙接近哥哥。我輸了比賽無所謂……但相對的，我也不會讓那個男人進入準決賽。我會藉著這次奇襲，讓他傷重到整整一天無法行動，直接將他踢出大賽。」

珠雫比任何人都深愛她的兄長，她會做出這種決定也不奇怪。

但是——有栖院聽完後，卻怎麼也無法贊同她。

「珠雫……人家也認為那個男人很危險，人家能理解珠雫的擔憂。但是呢，妳現在要做的事，**可是相當惡劣的違規行為**啊。」

「他做的事和我一比，也是五十步笑百步呢。說到底，若不是他犯規在先，打算在比賽前就剔除比賽對手，我也不會採取這種手段。」

「沒錯，人家也這麼認為。可是很遺憾……我們並沒有證據證明天音犯規，他還有藉口推託……說這一切只是單純的偶然。但是珠雫沒辦法為自己的行為找藉口，即使妳成功偷襲他，上頭也一定會下達嚴厲的處分。喪失比賽資格算是輕微了……嚴重點還可能遭到『退學處分』啊。」

沒錯，珠雫提出的方法或許能閃避〈女神過剩之恩寵〉，成功傷及天音。

但是雙方幾乎是兩敗俱傷。

珠雫絕對無法輕易脫身。

她為此背負的風險，實在太過龐大了。

「妳竟然得冒這麼大的風險，才能幫一輝掃除障礙。一輝要是知道，絕對不會開心的。不，不只是一輝，史黛菈也是，他們一定會覺得很難過。」

當然，有栖院自己也會為她悲傷。

珠雫的方法實在讓人難以接受。

但是，珠雫聽完有栖院的話……浮現了有如泡影般的笑容……

「……我知道。我很清楚，哥哥、史黛菈同學……他們太善良了。所以啊，艾莉絲，我今天真的過得很開心。身邊有我最喜歡的哥哥，有哥哥最喜歡的史黛菈同學，還有艾莉絲，雖然還混進一個多餘的人，但是我真的很開心。不、不只是今天，打從我進入這所學園之後，一直都過得很愉快。而且……這段日子和以前完全不一樣，和我在那個家中的回憶相比，在這所學園度過的時光真的非常美好。所以我才能肯定地說……能來到破軍學園，真的太好了。」

她彷彿是懷念過去的一切，淡淡低語道。

「珠雫……妳……」

「……艾莉絲，對不起。要我眼睜睜看著哥哥大難臨頭，什麼都不做，就這樣接受敗北，我辦不到。」

即使自己會因此退學。

即使自己無法再和大家一起度過像今天這樣的時光——

「我這次一定會保護好哥哥。」

珠雫從兄長離去的那一天開始，就對自己立下這樣的誓言。

珠雫說完結論，臉上那抹泡影般的笑容已經消失無蹤。

取而代之的，是堅如鋼鐵的意志。

這副嬌小的身軀裡，蘊藏龐大無比的愛情。而支撐這份愛情的，正是她那顆難以撼動的決心。

於是，珠雫抬起頭，雙眸堅決地望向有栖院：

「可是……只靠我一個人的力量，不可能完美達成這次奇襲。」

她開口拜託有栖院：

「艾莉絲……能請妳助我一臂之力嗎？」

珠雫希望有栖院明白這次違規的風險之後，出手幫助她。

她希望有栖院能陪自己走這一遭。

——她能說出這番話，代表她對有栖院抱持無可比擬的信任。

有栖院面對珠雫的信賴——

「……我知道了，人家就幫妳這一次。」

他不可能開口拒絕她。

（一輝，抱歉啊。人家真的算不上什麼良師益友呢。）

有栖院聽著珠雫的道謝，淡淡苦笑著。

身為好友，不論如何都應該阻止她。

不管這次奇襲成功與否，珠雫都會遭到嚴厲處分。

假設她拜託的人換成史黛菈……史黛菈絕不會允許這種行為。

但是……有栖院太了解她了。

他很清楚，這名少女對兄長的愛情，有多麼深厚、強烈。

只憑自己的三言兩語，不可能阻止得了她。

不、不只是自己。即使是一輝親自勸說她，她也不會放棄。

這是當然的。

眼前正有人靠近自己所愛之人，意圖傷害對方。

她不可能裝作沒看到，不可能眼睜睜地放過他。

即使有栖院現在拒絕協助珠雫，珠雫也會自己一個人進行奇襲。

他完全能體會珠雫的心情。

既然如此……

（──我絕不會讓這女孩孤單一個人。）

他既然無法說服她，也無法阻止她，至少要陪在她身旁。

自從他與解放軍（Rebellion）訣別的那一天開始──

有栖院就已經決定，只要她希望，他會一**直待在她的身邊……！**

——於是，兩人展開奇襲。

時間是第三輪第三場比賽開始前一刻。

奇襲方法很簡單：兩人利用有栖院的伐刀絕技(Noble Arts)——〈光影密道(Shadow Walk)〉潛入影子之中，突破所有警備防線，沿著異空間抵達天音的所在地——準備室**內部**。而此時，天音仍然堅信自己什麼都不做，就能不戰而勝。珠雫衝出影子後，立刻發射無數冰槍——貫穿毫無防備的天音。

珠雫非常輕易且完美地執行她的計畫，過程毫無障礙。

「————」

無數冰槍刺穿天音。砰咚一聲，天音的身體猛地撞上水泥裸露的牆面，接著無聲無息地滑落地面。

同時，血泊漸漸擴散在冰冷的地板上。

慘遭刺穿的四肢與頭骨流下了滴滴鮮血，匯集成血泊。

「我不會道歉的。」

天音低著頭，全身有如破布一般。珠雫朝天音丟下了這句話。

珠雫本來就不願意對毫無防備的人做到這種地步。

不論對手是何人，只要對方站上戰場，她就會拿出實力與其一戰，徹底擊潰對手。

但這次是天音自己否決了這個選項，以卑鄙的手段錯開了決勝場所，珠雫沒道理對他手下留情。

「你找錯人惡作劇了，要怪就怪自己愚蠢吧。」

珠雫暫且留下天音的性命，但是再怎麼樂觀評斷天音的傷勢，他依舊是重傷。

特別是腦部的損傷，就算用上了再生囊（Capsule），仍然需要一段時間才能復原。

即使他按照自己的期待，不戰而勝，他也趕不上準決賽。

「這樣一來……」

一切就結束了——本來應該是如此。

結局原本應該是——珠雫幫摯愛的那個人，擋下逐漸逼近的災禍。

——若非她的敵人擁有足以驅動繁星的〈厄運〉……

「啊、哈哈哈……啊哈哈哈！原來如此啊，竟然來這招呢！」

「——!?」

血泊中的天音突然站起身。

冰柱貫穿了他的四肢以及頭骨，但是他的唇邊仍舊浮現笑意。

他的笑容和當時一輝所見到的笑容一模一樣，扭曲不已，甚至該以「不祥」來形容他的笑容。

「我嚇了一大跳呢！哎呀，真的嚇到我了。的確，妳只要主動採取行動，引發違規出局的結果，就不會觸發〈女神過剩之恩寵〉的力量，可以直接接近我。話雖如此……我真的沒想到，妳竟然能毫不猶豫地執行這麼激烈的手段！完全不留情面啊！看妳下手這麼凶狠，很難相信妳和一輝是親兄妹呢！」

「不會吧……」

「為什麼你受了那種重傷，還能若無其事地站起來……」

即使是珠雫和有栖院，也藏不住臉上的動搖。

天音見狀，則是伸手握住刺穿頭骨的冰槍，毫不遲疑地拔下來：

「誰知道？究竟是為什麼呢？我自己也不知道原因啦，不過世界上偶爾會發生這種事嘛。像是有人腦袋上插著菜刀，還能自己開車去醫院；也有人在子彈穿過腦漿之後，還能平安生還。這樣看來，也不是不可能發生我這種狀況嘛。妳想想看——我**可是比一般人好運**呢。」

「…………！」

同一時間，有栖院採取行動。

他發動了伐刀絕技——〈縫影（Shadow Bind）〉。這項伐刀絕技能夠釘住對手的影子，封住對手的行動。

他封住天音的行動——

「珠雫！」

——當珠雫還震驚於眼前的現實，他立刻抓住珠雫的手，**準備逃離現場**。

他原本是個殺手，經歷無數的暗殺現場，所以他很清楚。

方才的偷襲非常完美。

他們確實出其不意，而且他們在天音身上造成的傷勢，足以讓一個人傷重昏厥。

但是「結果」和「過程」相去甚遠。

既然如此，他們已經無計可施了。

這般完美無缺的奇襲都無法扭曲因果，他們再多做什麼都是徒勞無功。

有栖院明白了這點。

而有栖院身為殺手的判斷相當正確。

他唯一誤判了一件事——

他們已經失去了「**逃走**」這個選項。

「————————！」

事情就發生在這短暫的瞬間。

在這個刹那，準備室的燈光發出雜音，一閃一爍。

是電燈年久失修？還是線路鬆脫？又或者是某種力量介入，將偶然化為必然？

房內的光亮消失了一瞬間，黑暗頓時裹住了房內。

影子消失，就代表〈縫影〉也同時失去作用——

（糟了！）

當有栖院驚覺到危險，已經為時已晚。

「咕、啊…………！」

黑暗之中，無數把有如十字架一般的細劍飛射而出，準確命中有栖院的全身。

損傷擊潰了他的意識，自身的鮮血化作血泊，身軀沉入血泊當中。

「艾莉絲！」

「難得來一趟，別忙著回去嘛。」

天音擊潰了有栖院後，雙手手指再次顯現出無數細劍——固有靈裝（Device）〈蔚藍（Azul）〉，同時對孤立無援的珠雫說道。

「我其實不打算責備妳們的所作所為喔。不、不只如此，我現在可是感動得渾身發抖呢。珠雫對一輝抱持如此強大的愛，實在太讓我感動了。好厲害，竟然有人能這麼深愛另一個人。我也很喜歡一輝，不過感覺我快要輸給妳了呢。所以啊……我就特別給珠雫一次機會。」

「機會？」

「從現在起的一分鐘內，我會祈禱『不要有人察覺這場騷動』——明白嗎？只要妳能在一分鐘內解決我，妳就能實現妳的願望！」

「少得意忘形了……！」

反正兩人總有一天會碰頭，她現在也不打算逃走。

不需要天音多嘴，珠雫再次襲向天音。

她這次以〈緋水刃〉——在靈裝〈宵時雨〉施加高壓水刃，主動挑起肉搏戰。

她打算在這次肉搏戰之中，親手斬斷天音的意識。

不過——當她抬起腳踝的剎那間，發生了異狀。

「咦!?」

眼前突然一晃。

原因就在珠雫的腳下，她踩到有栖院的血，腳底一滑。

「唔！」

珠雫立刻以手支撐地面，避免摔倒。

她重新調整姿勢，手握刀刃，再次衝向天音。

——不、她只是「想」衝向天音。

「啊唔！」

這次是自己的右腳尖踢到左小腿，向前倒去。

（這……該不會是…………！）

「嘻嘻嘻、啊哈哈哈！妳竟然會在這種時候絆到腳，真倒楣啊。不……搞不好是我太好運了呢？」

天音低聲笑著，同時彷彿在嘲弄她似地緩緩走近。

珠雫立刻跳起身，向後跳步，放棄拉近彼此的距離。

緊接著——

「〈水牢彈〉！」

她腦中浮現出最糟糕的可能性，但是她彷彿要否定這個可能性，從遠距離施展魔法攻擊。

珠雫施放出自己最拿手的魔法。

〈水牢彈〉，一旦命中對手，就能堵住對方的呼吸道，使之窒息。

她朝向眼前的敵人連續射出三發〈水牢彈〉。

天音依舊悠然地接近珠雫，毫無防備。而三發〈水牢彈〉竟然全都滑過天音身旁，撞上牆壁而四散。

「～～～～！」

「像珠雫這麼厲害的騎士，應該很難得才會在這種距離失手吧。」

天音幽暗的雙眸中滿是嘲弄，看起來更是毛骨悚然。

——這是第三次……不，方才的奇襲並沒有給予天音致命傷，所以加起來總共是四次。

珠雫幾乎可以肯定：

「〈女神過剩之恩寵〉還能誘發我方的失誤（Error）啊。」

「……我不知道喔？我只是祈禱『我能贏得這次賭注』而已。不過……不是俗話說：『人有失足，馬有亂蹄』嗎？只要生而為人，不論做任何事，失敗總是如影隨形。舉起腳，踏出一步，聽起來很單純嘛？但就是有人會因此扭到腳、被小石子絆倒，更別提魔法了。魔法需要經過複雜的構成演算或是計算軌道……**會失敗也是無可奈何的，對吧？**」

「……！」

珠雫越是深入理解，就越能感受到這項能力有多麼破天荒。

假設對方能誘發我方的失誤，她就不能動用〈水色輪迴〉，太危險了。

（該怎麼辦——）

「有破綻！」

「!?啊、唔……！」

珠雫對天音的能力心生恐懼。當畏懼囚禁了珠雫，下一秒，天音已經走近她的跟前，揮下〈蔚藍〉。

珠雫反應慢了一拍，來不及抵擋，細劍撕裂了她的額頭。

眼前降下鮮血的簾幕，遮蔽了視線。

她的視野一片模糊，無法完全抵擋敵方的追擊。

珠雫心想不妙，立刻拉開距離。

但是她的背後馬上撞上了某種物體。

那是水泥牆。

她被逼進死路裡了。

這個事實使得珠雫心裡警鐘大響。

焦急、痛楚令她全身冷汗直流。

對方看似毫無破綻，她究竟該如何戰鬥？

她完全無法想像。

焦躁、絕望、無力，種種情感彷彿大石一般，壓迫著珠雫的內心。

但是──

「────！」

沒錯，這句「但是」支撐著珠雫即將屈服於絕望的心靈。她狠狠瞪向天音。

她的確不知道該如何戰鬥。

但是，**她知道自己必須有所行動**。

紫乃宮天音──

（這傢伙的眼神…………）

他的雙瞳充滿著各式各樣的負面情感，汙濁不清。

而這些情感，無疑是射向自己最深愛的那個人。

她不能再讓他接近兄長。

而且──

珠雫不像兄長或史黛菈，她對騎士之間的戰鬥並沒有抱持太大的熱情。不過她仍舊拚命地奮戰了數個月，總算來到這個地方。

於是她透過這些過程，見識到參賽者的熱情。

天音卻公然犯規，踢開了對戰對手。他的所作所為，都在褻瀆這些人的情感。

不可原諒。

因此，即使鮮血撫過珠雫的雙眸，她依舊拋開痛楚，睜開雙眼——放聲怒吼道：

「你沒資格待在〈七星劍武祭〉（這裡）！

眾多騎士以自己的騎士道為榮，一路走來，而這裡是他們夢寐以求的舞台！

你既沒有榮耀，也沒有夢想，你根本沒資格繼續前進……！

我絕對要在這裡擊敗你……!!」

她即使自身會遭到懲罰，也絕對要讓他受到應有的報應。

下一秒，珠雫身後的牆壁上，擴散出無數的**波紋**。

波紋的數量瞬間遽增，掀起巨大的波浪——

「〈血風慘雨〉——!!」

〈深海魔女〉（Lorelei）高歌詛咒，頓時飛沫四散。

珠雫身後的牆面有如暴風颳過湖面一般，掀起驚濤駭浪，飛沫化作高水壓子彈，有如機關槍的同步射擊，同時發射！目標是天音——不，是珠雫前方所有的空間。

既然她的攻擊會因為失誤偏離目標，那就刻意不瞄準目標。

只要使用壓制射擊，就不需要瞄準目標，直接將敵人打成蜂窩。

珠雫抱持著這股氣勢，水壓彈幕化作瀑布，撼動整間房間。

雲霧彷彿蒸氣一般直衝而上。

濃霧瀰漫了整間房間，讓人只看得清眼前一公尺內的事物。

——就在下一刻。

「可惜，時間到了喔。」

「——啊……」

白銀閃光突破了濃霧，飛向眼前。

天音擲出了〈蔚藍〉。

他在這片濃霧之中，精準射穿珠雫的肢體，直接將她輕盈的身軀高高釘在身後的牆上。

「啊、啊…………!?」

利刃刺穿了珠雫的喉嚨，難以言喻的不快、壓迫感，連同遍布全身的劇痛襲向珠雫，她只能苦苦低吟著。

不過，待雲霧散去後，房內的景象卻讓她頓時忘卻身上的痛苦。

「騙……人……」

方才的壓制射擊，子彈多到足以塞滿整個視野，但是天音經過這次射擊，卻依舊毫髮無傷。

牆面已經滿是彈痕，有如蜂窩，天音身後的牆面卻仍然完好無缺。

沒錯，珠雫卯足全力進行了壓制射擊，但只有那批接觸到天音的水彈，因為珠雫操控魔力時產生失誤，水彈全都喪失硬度，化為毫無威力的水沫。

「原來如此啊。既然攻擊會偏離目標，那就乾脆不瞄準目標，妳想得真多呢。大家都是這樣一邊戰鬥，一邊思考各種對策嗎？真厲害啊。託妳的福，我的制服全都淋得溼答答的。不過這樣反而涼快多了，真幸運。呵呵……啊哈哈、啊哈哈哈哈、哈哈哈！」

天音在這有如惡夢般的景象中，肆無忌憚地高聲大笑。

珠雫打從心底害怕起天音。

（他真的無所不能到這種地步嗎……？）

不論她如何思考最佳手段，只要裡頭存有一絲失敗的可能性——他就能讓她的計畫百分之百失敗。

世界變了模樣、因果遭到扭曲。

一切都將走向對天音有利的結果。

這樣的不平等……確實只能這麼形容——**過剩的恩寵**。

就在這個瞬間，珠雫終於理解有栖院的行動。為何奇襲一失敗，有栖院就立刻打算逃離現場？

原來如此，他會選擇逃走也是理所當然的。

（我根本不可能……贏過……這種力量……）

於是，絕望終於擄獲了珠雫的心靈，吞噬了她。

就在同時——

『紫乃宮選手！珠雫選手！你們在做什麼!?』

音箱中傳出播報員有如悲鳴的吼聲。

外頭終於發覺這場打鬥。

天音回應了對方，開始說明狀況。

他在準備室待機的時候，珠雫突然襲擊自己。

而他會應戰，只是為了正當防衛。

只要查看監視器，馬上就能證明天音所言屬實。

著。

（真是……丟臉啊。）

珠雫因為失血與缺氧，漸漸失去意識。她聽著天音逐漸遠去的聲音，灰心地想

到最後，自己還是什麼都沒做到，只是丟人現眼罷了。

不過──

「啊、說起來，一輝應該也聽見這段播報了。我身為被害者，這麼說或許有點奇怪，不過我希望你別責備珠雫！因為珠雫是為了一輝才犯規的！」

「──!?」

天音的話語吹跑了她心中的不甘。

他到底在說什麼？珠雫立刻想出聲抗議。

但是她傷及了喉嚨，無法正常發聲，只能發出有如蚊鳴般的聲響。

而在這段期間，天音依舊擅自幫珠雫解釋她的心情。

「我和她戰鬥之後，我就了解了。一輝，珠雫真的深深愛著你喔。當然，她付出的不是親情，而是對你抱持著異性才有的愛情啊。所以我覺得一輝和史黛菈交往之後，她一定一直都很痛苦。她一直、一直希望一輝能回頭看看她、關心她。」

「住……口……」

珠雫不成聲地放聲慘叫。

不要多嘴。

不要擅自解釋自己的心聲。

「……這樣的心情，逼得她走上歪路。她懷抱著錯誤的慾望，想為了你的夢想貢獻心力……為了讓你成為〈七星劍王〉，幫你排除任何可能阻礙你的敵人，或許……就能為你所愛。」

「……快……住……口……」

珠雫的哀號傳不進天音耳中，他仍然自作主張地對一輝解釋道。

珠雫無法忍受這樣的痛苦。

──希望一輝回頭看看她，希望自己能為他所愛。

珠雫才不是為了這種事而戰，可是、可是……

「珠雫確實犯了錯，但是我覺得希望喜歡的人能愛上自己，是很理所當然的事，所以我希望你能體諒她的心情。然後啊，如何？只要一輝願意，你不如接受她的心意，把珠雫當作女人來愛──」

於是，珠雫忍耐到極限了。

「嗚嗚……………嗚唔…………」

這份情感，是自己心中最珍貴的事物。

她身為妹妹、身為女人，比這世界上的任何人都還深愛自己的兄長。

但是這討厭的男人竟然擅自詮釋她的心意，把她說得像是一隻發情的母貓，——表演給她最心愛的兄長聽。

他的行為幾乎等同於強姦。

不，珠雫寧願他直接玷汙自己的身體，也不希望他繼續說下去。

這份恥辱、屈辱，徹底摧毀了珠雫的心靈與尊嚴。

「不……不要、不要說了………」

珠雫淚如雨下，拚了命地懇求天音。

她的話語中沒了尊嚴、沒了自尊、什麼都沒了——

下一秒，突然發生強烈爆炸，頓時炸飛了準備室的牆壁。

「嗚哇!?」

突如其來的爆風襲來，天音護住了臉，高聲慘叫。

熱風同樣肆虐了珠雫的身軀，強光令她忍不住閉上眼。

烈風消失後，她睜開了眼，看看究竟發生什麼事——

兩人見到了那個人。

紅髮騎士站在準備室的大洞上。

那是〈紅蓮皇女〉——史黛菈・法米利昂。

「珠雫，太好了，看來妳還活著。」

史黛菈對珠雫說道，接著從貫穿牆面的大洞上跳進準備室裡。

天音面對史黛菈粗暴的來訪——

「嚇、嚇死我了！我還以為發生什麼事，原來是史黛菈啊。我、我說啊，我知道妳身為一輝的女友，沒辦法忽視這件事，不過妳竟然打壞牆壁跑進來，實在太沒常識——」

他這麼抗議道，不過——

「給我閉嘴。」

「…………!?」

史黛菈語氣平靜……卻帶著不容許他人拒絕的威嚴，阻卻了天音的抗議。

史黛菈沒有回頭看向天音，淡淡地說道：

「我才不管什麼比賽、大賽，你要是敢在我面前繼續玷汙珠雫的心意，我會當場把你燒成焦炭，讓你再也吐不出任何一句廢話。」

不，她不是不回頭，而是不能回頭。

她要是現在讓天音的臉進入自己的視野中——

……她幾乎快咬破雙脣才忍住的這股憤怒，就會立刻失控。

（史黛菈……同學……）

珠雫逐漸朦朧的視野之中，史黛菈緩緩走近，珠雫見到她臉上的神情，這麼心想。

如果自己能像天音說的，放任自己的慾望，盡情愛著自己深愛的他，並且妒恨奪走深愛之人的她……那該有多輕鬆？

假如、假如這名少女再討人厭一點……

她就不會如此喜愛這名少女。

她就不需要被兩種情感撕扯身軀。她對兄長抱持著女性的愛情，希望兄長能愛上自己；卻又心懷家人之間的親情，希望兄長能與這名少女共度幸福的生活。兩種情感相互矛盾，卻又毫不虛假。

「……謝、謝……妳…………」

史黛菈親手從天音的束縛中解放了珠雫。

當史黛菈接住珠雫即將滑落的身軀，珠雫擠出最後的力氣，向她道謝。

她的謝意，是否化為聲音，傳達給史黛菈了？

珠雫無從得知。

她的意識就這樣落入漆黑之中。

◆◇◆◇◆

之後，委員會方面檢查了監視器畫面，揭露準備室裡那場打鬥的真相。

但不可思議的是……影片的聲音檔案損毀，無法確認當時的聲音。但是監視器確實拍到黑鐵珠雫出手偷襲在準備室裡待機的紫乃宮天音，因此證實了天音的解釋。

於是珠雫因為惡劣至極的犯規，喪失比賽資格。

紫乃宮天音確定進入準決賽。

幸好珠雫以及共犯有栖院並未受到「退學」處分，而是處以「三個月內禁止參加公開比賽，並提出悔過書」。

或許是因為營運委員會、教師以及聯盟的職員們，仍然對天音的連續不戰而勝懷有疑心，才會有這樣的結果。

但他們雖然起疑，卻沒有人能夠證明其中的因果關係。

……總而言之，準備室內的騷動就此畫下句點。

波濤洶湧的第三輪比賽落幕後，本次大賽的前四強正式出爐，即將展開準決賽。

◆◇◆◇◆

當天晚上。

黑鐵珠雫與有栖院凪仍然陷入沉睡。黑鐵一輝探望過兩人之後，來到旅館旁的公園進行特訓。

訓練內容相當普通。

他只需要斬斷立在地面上的方形木材。

一輝調整呼吸，揮動武器。

尖銳的破風聲斬裂了夜晚冰冷的空氣。

就如同居合道的試斬（註1），每響起一次破風聲，木材便越削越短。

木材原本的高度和一輝的身高差不多，一輝直到木材削得只剩自己腰部的高度之後，這才停手。

「呼——哈……」

同時，一輝的額頭上更是汗如雨下。

由此可知，他是多麼專注在這數次的斬擊之中。

不過，這也是理所當然的。

一輝手中的武器……並不是靈裝。

他只拿著一張紙。

而且是隨處可見的**影印紙**。

沒錯，他豎起紙張，使紙張邊緣直直挺起，快速揮動，以紙為刀斬斷了遠比紙張堅硬的木材。

而且他的特訓還不只如此。

註1　試斬：古代日本拿秸稈、疊席、青竹等物體來測試刀劍耐用程度和實用性的行為，今日已發展為一種日本文化中特有的武術藝術。

一輝擦乾汗水，調整呼吸之後，接著將鐵管立在地面上，重複同樣的動作。以紙斬鐵。

他以超人般的體術，逼迫這個世界接受如此異常的行為。

但即使一輝精準駕馭自己的身軀，這樣的行為實在太過困難——

「啊……」

下一秒，紙張斬進鐵管中間時，夜晚的風只是稍微變強了些許，紙張便發出「劈里」一聲，皺成一團。

夜風撫過紙刀後，紙刀只是稍稍頓了頓，刀刃便扭曲了。

一輝嘆了口氣，以手梳起汗水沾溼的頭髮。

「不行，我太專注於操控自己的身體，還必須注意外在要素的變化才行。」

就在此時——

「你的特訓還真奇怪。」

後方傳來熟悉的聲音。

一輝回過頭，便見到他最愛的戀人從路燈的光芒下，緩緩走向自己。

「史黛菈……」

「這是在特訓什麼呢？」

「我在訓練自己精準地操控身體。我模仿了愛德懷斯的劍術後，大幅度提升了自己的戰力，不過……我還沒辦法完美使用那套劍術。」

愛德懷斯的劍術原本並不會發出任何聲響，是一種無聲的劍術。

這套劍術必須將每個動作產生的能量全數轉化為行動與攻擊，毫無任何偏差、耗損，如此一來，才不會震動周遭的空氣。

一輝的〈模仿劍術(Blade Steel)〉尚未抵達這個境界。

他的動作還有太多的偏差，也耗損太多能量了。

「這個訓練是為了去除目前行動中的耗損與偏差，讓肉體能夠更精準地行動。我若要使用愛德懷斯的劍術，至少要能用紙斬鐵，不過……只是能斬鐵還不夠。即便我能精準操控自己的身體，若沒有預測外在要素的變化，事先做好對策，行動時還是會耗損能量。所以……」

一輝解說到一個段落，從腳邊的紙堆中抽出一張影印紙，夾在指間，像是丟手裡劍似地擲出紙張。

影印紙與地面平行飛去，切進了立在地上的鐵管大約一公分左右，便癱軟垂下。

「假如我最後能在離手的物體上附著穩固的能量，並將鐵管一刀兩斷……我的劍就不會再發出任何聲音了。」

「這種技術……還真是神乎其技啊……」

「嗯，愛德懷斯真的很厲害……我還遠遠比不上她。」

史黛菈雖然認為一輝現階段的技術就相當不可思議，但是聽一輝這麼說道，她也無話可說。

反而是一輝先停下了手——

「剛才真是謝謝妳。」

向史黛菈道謝。

史黛菈則是疑惑地歪了歪頭。

「剛才？」

「謝謝妳救了珠雫。如果是我先趕到，可能會直接動手也說不定。」

「啊，原來是那件事，你不需要謝我啦。我也和你一樣……無法原諒那傢伙。」

要是一輝先趕到現場，狀況可能會無法收拾，但其實史黛菈在那瞬間並沒有想太多。

她單純只是想快點讓那個男孩閉嘴，就算是快上一秒也好。

那個男孩未免遲鈍過頭了……竟然隨口胡謅。

史黛菈和珠雫之間……絕對稱不上融洽。

兩人平時就經常鬥嘴。

畢竟她們喜歡上同一個男人，某方面來說也是無可奈何的事。

但正因為如此，史黛菈多少能理解珠雫。

史黛菈知道，她是多麼深愛著一輝。

所以——

「一輝……那個，珠雫才不像那傢伙說的那樣……」

史黛菈正要反駁天音的話，幫珠雫解釋。

一輝卻阻止了她。

「沒關係，我知道。」

「咦……」

「她那麼直球……我當然明白她的心意。珠雫投注在我身上的情感並不是親情，而是異性之間的愛情。但同時……我也明白，她給予我的不只這些。珠雫還賦予了我更多、更多、更多的愛情。」

不只是天音口中所說的，對於異性的愛情。

她帶給一輝更多、更龐大的愛情，多到令一輝感到愧疚。

身為妹妹、身為朋友、身為母親、身為父親，以及身為女性獨有的愛情——

她一個人，就打算賦予一輝世上所有的愛情。這份情感，幾乎令一輝承受不住。

「她真的是一個很棒的女孩，我根本配不上她。」

她是自己最愛的妹妹，他以她為榮。

自己只要是為了她，什麼都辦得到。

一輝有這樣的自信。

「而天音傷了珠雫。」

一輝絕對無法原諒天音。

一輝也不打算原諒他。

「我絕對會親手……討回這筆帳……絕對會討回來！」

一輝的雙眸靜靜燃起了蒼藍怒火，再次抽起新的影印紙，奮力擲出。紙張刺進了鐵管，比剛才刺得更加深入。

「是嗎……那就好。既然一輝已經明白珠雫的心意，那我就不多說了。」

史黛菈聽完一輝的話，知道他並沒有誤解珠雫，便鬆了口氣。

一輝則是對史黛菈溫和一笑。

「史黛菈很溫柔呢。」

史黛菈則是羞紅了臉，轉開視線。

「我、我身為嫂嫂，當然要關心未來的妹妹啊！」

史黛菈平常和珠雫水火不容，現在要她大方承認對珠雫的好感，想必也有些尷尬。

一輝感受到她那不坦率的溫柔，心生憐愛，輕輕地笑了。

「討、討厭，那我先回去了啦。我不想繼續妨礙你特訓，而且明天我自己也要比賽。」

「知道了，明天可是期盼已久的準決賽啊。」

「是啊，終於走到這一步了。」

沒錯，「終於」。

再過不久，那一天的約定即將化為現實。

「對我們兩個來說，明天都是一場硬仗呢。我們彼此的對手都不好對付。」
「哼，那不是正好。他那天幹的好事，我會連本帶利地奉還給他。」
「王馬大哥……很強，或許比史黛菈至今的對手都還要強大。」
「我想也是，不過——」
史黛菈說到一半，隨手抓起幾張影印紙，捏成一團，接著——
「我變得更強了。」
她這麼說道——全身的魔力隨之沸騰。
燐光與熱風頓時噴發。
一輝在那股炙熱的暴風之中，在史黛菈身後看到了——
——一道巨大無比的龍之幻影。
（這、是……！）
接著，史黛菈將手中捏好的紙團，丟向立起的鐵管。
紙團接觸到鐵管的瞬間，鐵管彷彿**被人扯開**似地斷成兩截。而紙團砸斷鐵管後，力道依舊不減，直接飛向鐵管後方，**鑲進**公園的水泥牆裡。
這下連一輝都啞口無言了。
「……真是超乎想像啊。」

那只是紙團等級的質量。

她究竟是以多大的力量擲出，才會引發眼前的現象？

一輝實在難以想像。

史黛菈面對吃驚的一輝——

「明天是我的比賽先開始。我會先一步在決賽等著你，一輝。」

鬥志高昂的鮮紅雙眸淡淡瞥過一輝，接著離開了公園。

她的背影中蘊藏堅定的信心。

史黛菈經過西京寧音的特訓後，確實獲得了龐大的力量。

——不過，一輝以前與王馬對峙時，**曾經接觸過王馬的力量**。

支撐著王馬的那股力量，早已超脫一般範疇。

本次大賽的優勝候補。

兩名稀世的A級騎士，這場怪物之間的對決，想必會是一場激烈的決鬥。

——一輝衷心期待著這場對決。

不過——

「那個，有點難以啟齒……史黛菈，妳雖然想瀟灑地離開……不過……這裡是公園……是公開場所……妳隨便破壞設施恐怕有點不太妙。」

「……我、我明天會打電話去市公所自首啦……」

她自己也心想不妙。

史黛菈紅了耳根子，沒有回過頭。

不過她並不是故意瞄準牆壁，單純是力道過猛。而且在大賽期間，包含這座公園在內，旅館周遭的數座設施都將做為選手們的自主訓練場，允許選手在這些區域中使用魔力，所以她應該不會受罰。

「好了……我就繼續特訓吧，反正我今天……**應該回不了旅館了**。」

史黛菈離去之後，一輝轉換心情，再立起一根木材。

就在此時。

「哎呀，真是太厲害了。我也活了不少歲數，我還是第一次見到有人能將紙團鑲進水泥裡，而且還只是流彈，太驚人了。」

某處傳來一道人聲。聲音柔和，但卻感覺其中蘊含著一股意志——

（咦……）

一輝聽過這道嗓音。

他雖然不曾直接見過對方……卻曾經聽過數次對方的聲音。

當然了，因為這道嗓音的主人是——

這個國家的總理大臣。

◆◇◆◇◆

「月、月影、總理……！」

月影獏牙從史黛菈離去的另一頭現身。

他是日本國總理大臣，同時也是他們的敵人——曉學園的最高負責人。

一輝沒想到竟然會在這種地方見到他，臉上明顯動搖了起來。

月影則是——

「一輝，你長大了呢。」

他走近一輝，露出微笑說道。

「……我曾經在哪見過您嗎？」

「你當然不記得了。當時龍馬先生還在世，我去找嚴商量參選眾議院選舉的時候，和你擦身而過，就這麼一次而已。」

一輝聽完，馬上就明白了。

一輝從大哥王馬口中得知，父親·嚴也和設立國立曉學園一事有關聯。

月影會拜訪黑鐵本家，一點都不奇怪。

「是這麼回事啊……那真是失禮了。」

一輝實在不記得對方，於是他一邊表達歉意，一邊緊盯月影，緩緩向後退去。

月影見狀，則是露出苦笑：

「哈哈……我只是個老頭，又是非戰鬥系伐刀者，沒辦法對你做什麼的，你不需要如此防備我。」

的確，就一輝的觀察來看，月影身上感受不到任何戰鬥能力。

他的魔力還算高，卻也構不成威脅。

但即便如此——

「我不可能不防備您的。對我們來說，您可是敵人的首領……而且您會在這種時間、這種地方出現在我眼前，這應該並非偶然，更別說您還是等史黛菈離開之後才現身。」

月影聽完一輝的解釋，深深地點了點頭。

「的確，我會出現在這裡，並非偶然。其實……我是想告訴你一件事。」

「告訴我……？」

「是啊，你能抽空聽聽這件事嗎？花不了多久時間的。」

「請容我拒絕。」

「竟然馬上就拒絕了，真冷淡呢。」

「我明天的比賽對手是天音，而您應該很清楚天音的能力。即便是在這個瞬間……〈女神過剩之恩寵〉就有可能對我產生某種作用，我沒辦法在這種時候答應敵方首領的邀約。」

假如只是月影獨自襲擊一輝，他倒還能輕易應付。

但是一輝的準決賽對手確定是天音之後，就一直在防備他的〈女神過剩之恩寵〉。

這也難怪。若想和天音一戰，首先必須撐過〈女神過剩之恩寵〉改變後的因果，直到抵達準決賽的戰場為止。

他必須保持戒備，以便隨時應付任何突發狀況。

所以一輝今晚直到隔天清晨都不打算入睡。

他會來到這座公園，不單純只是為了特訓，而是想待在視野遼闊的地方，比較容易應付突發狀況，萬一發生地震之類的意外，也不會遭到活埋。

他已經徹底防備到這個地步，現在更沒道理做出高風險的舉動。

月影聽完一輝的回覆，佩服地低吟：

「原來如此，答得真好。精心鍛鍊自身，並且身經百戰，三思而後行……新宮寺真是幸福，能有你這樣的學生。」

他讚美一輝，但緊接著，他又這麼說道：

「不過你不需要這麼擔心……因為照現狀來看，你幾乎不可能與紫乃宮同學一戰。」

「————咦？」

一輝無法馬上理解月影的意思，再次回問：

「您的意思是，我會不戰而敗，是嗎？」

月影搖了搖頭。

「不，並不是這麼回事。他不可能只讓你不戰而敗，**他不會就這樣放過你**。紫乃宮同學對你的憎惡，遠比你想像得還要深厚。而且……我想談的事，正與紫乃宮同學有關呢。如何？你是否起了點興趣呢？嗯？」

「…………──」

一輝在這瞬間明白了。

他毫無選擇。

所謂的談判，並非等到在談判桌前就位後才開始。

而是在談判桌前就位之前，就結束所有談判。

月影獏牙身為老練的政治家，他當然理解這一點。

一輝只能乖乖聽從。

「……我明白了，我就聽聽您想說什麼吧。」

「謝謝你。」

破軍學園壁報

角色介紹精選　　文編・日下部加加美

MOMIJI ASAGI

淺木椛

■PROFILE

隸屬：武曲學園三年級

伐刀者等級：C

伐刀絕技：紅蓮蜷局

稱號：鬼火

人物簡介：去年七星劍武祭季軍

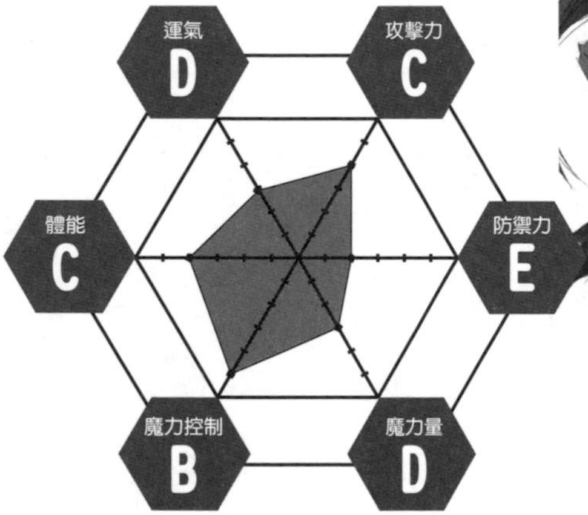

加加美鑑定！

她是正統的火術士，同時她和我們的學生會長──〈雷切〉東堂刀華學姊同屬於〈鬥神〉門下。

她的〈抽足〉，精準度甚至超越〈雷切〉。她慣用的招式組合是先以〈抽足〉拉近距離後，施以附著火焰的斬擊。順帶一提，她經過長久的練習，非常善於操縱火焰，她的火焰只要一附著在敵人身上，便會有如蛇身一般捲住敵人的身軀呢。

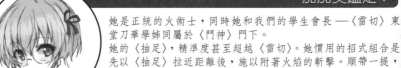

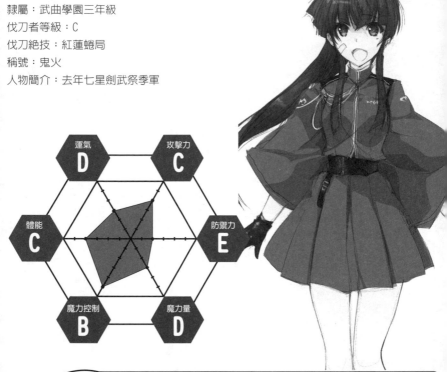

第十二章
雙龍相剋

第六十二屆七星劍武祭，第三天。

這一天相當炎熱，夏日的烈陽毫不留情地照耀大地。

但是這熱度和會場周遭的熱情相比，卻顯得溫和許多。

『氣溫三十五度，溼度百分之七十！

非常感謝各位觀眾願意在這樣的豔陽之下，聚集在這座會場中！

第六十二屆七星劍武祭，終於進行到準決賽了！

本日的比賽將會由至今一路取勝，獲得全國四強的四位選手，彼此激烈碰撞！

這四位選手，每一位都是出類拔萃的強者。究竟是誰能獲得決賽的入場券呢!?

各位觀眾都做好防中暑措施了嗎!?都做好了對不對!?

——那麼，現在就請準決賽第一場比賽的選手登場！』

上。

觀眾配合播報員飯田的呼聲，會場內頓時歡呼四起。

就在這如雨般落下的掌聲之中，史黛菈搖曳著緋紅秀髮，出現在準決賽的舞台上。

『首先是〈紅蓮皇女〉——史黛菈・法米利昂選手現身於紅色閘門！

她是法米利昂皇國的第二皇女，更是一名天才！所有隸屬於聯盟加盟國的魔法騎士，沒有人的魔力高過她！

雖然她在第一輪比賽時，因為列車誤點差點喪失比賽資格。不過，她一次對上所有B區選手，並且展現出壓倒性的實力，以精采的比賽抵銷遲到的處罰，一口氣進軍本次準決賽！

她的力量甚至差點破壞掉整座會場，由此可見其傑出之處！

如同前述，她的強大名副其實，無疑是本次大賽的首席優勝候選人！

這名天才騎士就如同天邊燦爛的明星，現身於這個時代！

她是否能趁勝追擊，直衝七星之巔呢!?』

『史黛菈公主————！加油啊————！』

『呀啊——！史黛菈殿下～！請看這邊～～！』

『今天要舉行兩場比賽，妳可別毀了會場啊——！』

眾多的聲援，不分男女，紛紛投向登上戰圈的史黛菈。

史黛菈在男女支持者之間都擁有相當高的人氣。

論實力，她擁有世界最高的魔力。

論地位，她是法米利昂皇國的第二皇女。

再加上她那絕世的美貌，人氣會高也是理所當然。

尤其是一輝，他更是比在場的所有人都還為她著迷。一輝的目光緊追著史黛菈那剽悍、凜然的側臉，同時送去掌聲為她加油。

就在此時。

一輝的身後傳來了說話聲。

「史黛菈同學的表情真不錯呢。」

「咦？」

一輝覺得這道嗓音有些陌生，卻令他永生難忘。

他一驚，回過頭去。在他身後——

「東、東堂學姊！還有貴德原學姊也來了啊！」

站著兩名女性，其中一人擁有一頭栗色髮絲，頭髮編成了三股辮，神情溫和；其中一人則是身材高大，撐著洋傘。正是〈雷切〉——東堂刀華，以及刀華的好友，〈腥紅淑女〉(Scharlach Frau)——貴德原彼方。

「呵呵，黑鐵同學，許久不見了。」

「啊、是啊，真的好久不見了。原來兩位來到大阪了呀？」

「是啊，我們想至少親眼看看準決賽以及決賽，便和西京老師一起搭上今早的新幹線抵達大阪。」

「您的身體已經沒問題了嗎？」

直到不久前，刀華仍然陷入昏睡，於是一輝這麼詢問刀華。

刀華則是用力點頭，精神抖擻地答道：

「是啊，我已經完全復原了，而且我睡太久，現在精神好得不得了呢。反而是小沫說自己還很累，留在學園裡偷閒。」

「副會長的身體還沒恢復嗎？」

「你不需要太擔心啦。因為小沫平時總是在打電動，沒什麼體力，他是自作自受。」

「呵呵呵，副會長那麼嬌弱，這也是難免的。」

兩名少女面對面，有如銀鈴般地嬉笑道。

從她們的神情看來，確實是不需要擔心她們了。

「黑鐵同學，我們能和你一起觀戰嗎？」

「當然可以。」

一輝沒理由拒絕她。

一輝往旁邊稍微挪了挪，讓出了位子。

就在一行人交談之時，史黛菈的比賽對手也現身了。

『接下來，A區的霸者，〈烈風劍帝〉——黑鐵王馬選手從藍色閘門登場！

王馬選手從第一輪至第三輪比賽，全都是單方面取得壓倒性勝利！

他的強大與無情，全都是貨真價實！

我們還獲得消息，王馬選手似乎私底下曾經擊敗史黛菈選手！

如果說史黛菈選手是本次大賽冠軍的熱門選手，那麼肯定只有王馬選手能與史黛菈選手並駕齊驅！

他是日本引以為傲的A級騎士！他面對世界級的女豪，究竟會如何戰鬥呢？

這場A級騎士之間的對決會有什麼樣的發展？實在令人難以預測啊！』

王馬渾身散發著壓迫感，彷彿出鞘的刀刃一般鋒利。

他一登場，觀眾便為之屏息。

『他的氣勢還是一樣……彷彿看上一眼就會被砍似的……』

『真是可怕啊……』

『話是這麼說，不過七星劍武祭好歹是日本的大賽，還是會希望他加油啊。』

相較於史黛菈，王馬入場時的歡呼聲明顯少了許多。

或許是因為前一天他和〈鋼鐵狂熊(Panzer Grizzly)〉——加我戀司的比賽，當時他帶給觀眾的震撼仍舊未消。

七星劍武祭是真槍實彈的比賽。所有參賽選手都很清楚，他們若是輸了比賽，甚至有可能因此喪命，所以他們都是賭上自己的性命與榮耀，互相競爭。但這是〈魔法騎士〉們的道理，觀眾無法體會騎士們的決心，難免會心生膽怯。

『緊接著，我們請到現任世界排行第三的魔法騎士，〈夜叉姬〉──西京寧音老師來擔任本次準決賽的解說員！西京老師，今天還請您多多關照。』

『嗯～請多指教～。』

『西京老師身為日本最高階的魔法騎士，您覺得兩位選手的狀態如何呢？』

『雙方都幹勁十足，感覺迫不及待想交手，但又適度地放鬆。他們看起來都處在最佳狀態呢。』

『原來如此。這場比賽將會是A級騎士之間的對決，請問西京老師，您認為現階段誰的實力比較占上風呢？』

『嘻嘻……小哥，別這麼急嘛。太猴急可是會惹人厭的呢。』

「啪！」的一聲，西京合起手中的扇子：

『……他們兩個馬上就會回答你的問題了。』

她這麼答道，再度展開扇子，遮住臉上的竊笑。

（來吧，史黛菈。那傢伙和第一輪的那群人完全不一樣，他夠格讓妳拿出全力……妳就拿出在妾身的修行中得到的**那股力量**，讓他徹底嚇破膽吧。）

於是，王馬登上戰圈，抵達了起始線。

同一時間，觀眾闔上了嘴，整個會場陷入一片沉默。

就在這片沉默之中——飯田播報員為七星劍武祭準決賽扣下開始的槍響。

『兩位選手已經在起始線前就位了！準決賽第一場比賽，現在正式開始！

LET's GO AHEAD——————!!』

◆◇◆◇◆

雙方收到比賽開始的信號，而率先行動的人是……王馬。

「我們並沒有熟到需要在死鬥之前閒話家常，馬上開始吧。」

王馬低語道，彷彿在自言自語。他壓低身軀，右手伸向後方。

接著，他將自己的魔力凝聚在右手上——

「放聲呼嘯——〈龍爪〉！」

顯現出自身的靈魂結晶。

那把刀比日本刀還長上幾分，分類在「野太刀」的範疇中。

那就是王馬的靈裝——〈龍爪〉。

「就讓我以這把刀來測試，妳在那之後成長到什麼地步了。」

「……你行的話，就試試看哪。」

王馬以行動回應史黛菈的挑釁。

他傾斜刀身，壓低身軀——飛奔而出！

『喔喔！王馬選手至今的每一場比賽，步調都顯得相當悠哉，現在他卻率先出招了！他的和服衣襬高高掀起，直線奔向史黛菈選手！史黛菈選手會如何迎擊!?』

王馬的態度明顯不同於至今的比賽，顯得特別好戰。會場頓時一片譁然。

史黛菈面對比賽對手一開始的意外之舉，絲毫不受對手影響——

「前來侍奉吾身——〈妃龍罪劍（Lævateinn）〉！」

她望著直奔而來的王馬，顯現出自身的靈裝。

但是她以魔力製作出來的物體——並非只有這把劍。

『這、這是！史黛菈選手在自己的身後做出了炙熱的球狀物！數、數量相當驚人！』

史黛菈有如揮動指揮刀般地揮下〈妃龍罪劍〉——

「將敵人燃燒殆盡——〈焦土踩擊（Broken Arrow）〉！」

並且朝著浮現在身後的上百顆炙熱球體下令。

飄浮在史黛菈身後的火球呼應那句咒文，齊聲發射，化作數條光之箭矢襲向〈烈風劍帝〉。

灼熱的地毯式轟炸遍布戰圈的每一個角落。

史黛菈壓倒性的魔力令人措手不及，她不給王馬任何閃避的隙縫——

『直、直接命中——！烈焰席捲整座戰圈，掀起一大片黑煙！』

她的攻擊不止於一擊。

烈焰吞噬了王馬之後，史黛菈繼續追擊，烈焰箭矢如暴雨般落下。

場內充斥著巨響、業火，已經無人能辨認王馬的身影。

這也難免。

史黛菈的攻擊已經遠遠超越對付一名人類的範疇，根本是過度的暴力。

但是——

『不過，她的攻擊根本沒效呢。』

——不巧的是，她的敵人是〈烈風劍帝〉。

西京如此低語後不久。

史黛菈的砲火引發了火焰、掀起粉塵。而王馬突破了這陣煙幕，現出身影。

他的衣襬上不帶一絲灰燼。

他不顧迎面而來的轟炸，以自身的風之力卸除攻擊，從中央突破。他完全不減速、甚至一邊加速，一邊逼近史黛菈。

——這種小煙火阻止不了我的。

他的瀏海隨著爆炸的餘波舞動，隱藏在其中的雙瞳彷彿這麼暗示道。

而史黛菈面對王馬的視線——

「〈妃龍羽衣(Empress Dress)〉！」

也以行動回應王馬。

史黛菈握緊手中的〈妃龍罪劍〉，全身纏繞火焰，接著向前邁進。

『史黛菈選手渾身覆上火焰羽衣！熾熱的火焰燒灼著空氣，她周遭的景色彷彿隨之扭曲！』

史黛菈的火焰——〈妃龍吐息(Dragon Breath)〉帶有攝氏三千度的高溫。

不要說是直接命中敵人，普通人光是進入攻擊範圍內，火焰就能灼傷皮膚。

不過——

『王馬選手卻並未止步！他旁若無人地衝進熱風地帶！』

『小王馬的能力是「風」嘛。他只要做出真空的隔熱壁，就能阻擋間接高溫了。比起這個——最前排的觀眾差不多該防備一下囉。』

『防備？』

當播報員面露疑惑的瞬間，異變發生。

史黛菈與王馬，兩人手中的靈裝互相碰撞。

——刀劍相接的巨響超越了「聲音」，幾乎要用「衝擊」來形容。巨響伴隨著物理性衝擊，席捲了整座巨蛋。

『『『哇啊啊啊啊啊啊啊啊啊啊〜〜〜〜〜——!!』』』

劍與劍激烈碰撞，產生了「巨響」。原本觀眾緊緊貼在欄杆前方，現在他們卻被「巨響」彈飛，跌坐在地上。

而且還不只一次。

第二劍、第三劍——

赤紅炎劍與碧綠風刃每一交鋒，欄杆便吱吱作響，面向會場窗戶玻璃震動不已。

『太、太激烈了——！這是刀劍相交的聲響嗎!?如此巨響、如此衝擊波，簡直和兩架飛機高速相撞沒兩樣啊！』

兩人站在爆炸中心，放射出龐大的能量，兩把刀劍仍不斷碰撞，互不相讓。

直到雙方交手約十回合以後——

突然一聲震天巨響，彷彿十數道雷電一起降落。雙方伴隨這陣聲響，同時彈飛至戰圈邊緣。

雙方的攻擊皆無效。

兩人勢均力敵，而且實力水準相當高。

這個狀況也證明了——史黛菈確實在短短的時間內，拉近了她與王馬之間的差距。

「真不愧是史黛菈同學呢。」

彼方見到兩人第一回合的交手，不禁讚嘆道。

「看樣子，她應該不會像之前一樣屈居下風了。」

一輝點了點頭。

「是啊，而且史黛菈還沒拿出真本事，她還能繼續加快節奏呢。」

沒錯，她還會繼續加快節奏。

從史黛菈在至今唯一的比賽——第一輪的戰鬥來看，就能預想她驚人的潛力。

但除此之外，她還隱藏著什麼。

——第一輪比賽以及昨晚，一輝在彈指之間見到了那道**龍之幻影**。

史黛菈還沒展現出那道幻影的根源。

她還在保留實力。

不過——

「王馬應該也和史黛菈同學一樣，還沒認真起來呢。」

此時刀華插嘴說道。

正如她所說，王馬也還沒拿出實力。

兩人只是以這次交鋒試探彼此。

試探眼前的敵人……**是否承受得起自己的全力**。

一輝身為王馬的弟弟，他比在場的每個人都了解這點。

（大哥的確不會隨便拿出真本事。）

他會挑選值得自己認真的對手。

而現在……他們已經試探完畢，也打完招呼了。

——戰鬥即將開始。

（從現在起……才是真正的戰鬥。）

◆◇◆◇◆

「原來如此。沒想到妳能和我正面比劍，威力確實不錯。」

王馬感受著手臂殘留的麻痺，稱讚史黛菈的實力。

他已經許久未實際與人刀劍交鋒。

不過——

「妳也只是讓我手臂麻痺罷了，這種程度還要不了我的命。」

王馬這麼說道，表情從容不迫。

史黛菈則是不悅地咂舌。

「……你感覺挺輕鬆的嘛。」

自己曾經敗給他一次。

現階段王馬的等級還在自己之上。

這也是無可奈何。

於是，史黛菈正面舉起〈妃龍罪劍〉——

「我就先讓你擺不出那張臉！」

她朝著劍身的火焰——〈妃龍吐息〉灌注更多魔力。

「哈啊啊啊啊啊啊啊啊——!!」

魔力使得劍上的火焰更加膨脹、旺盛。

只見火焰的溫度、亮度直線上升。紅蓮焰火漸顯熾熱，直衝雲霄。

待在觀眾席上的東堂刀華見狀，突然回想起。

「那是集訓時的……！」

沒錯，史黛菈與刀華進行模擬戰時，曾經施展過這招遠距砲火。

那是〈妃龍大顎（Dragon Fang）〉的準備動作。

她的動作雖然和當時一樣，劍上的熱能卻遠比當時猛烈。

這也是當然的。

當時東堂刀華必須仰賴〈雷切〉，才勉強迎擊破壞力驚人的〈妃龍大顎〉。而這招伐刀絕技則是**同時發射七發**〈妃龍大顎〉！

「將敵人拆吃入腹！〈地獄龍大顎（Satan Fang）〉——！」

下一秒，〈妃龍罪劍〉上飛出七隻——不、是擁有七首的火龍。

七顆龍頭分別從各個方向襲向王馬，張開排滿焰之牙的大口，準備將王馬咬成碎片。

王馬見到眼前的毀滅性場景，仍然無動於衷：

「光是這一招，就不知道花上普通伐刀者幾人份的魔力，值得佩服。不過……**區區幾條蛇**，怎麼可能嚇破我的膽子。」

王馬語畢，便將〈龍爪〉刺入戰圈——

「〈風神結界〉！」

王馬發動了伐刀絕技。第一輪比賽當時，他就是以這一招抵擋史黛菈的〈暴龍咆吼〉(Bahamut Soul)，保護了觀眾席。

他在自身周遭掀起龍捲風，接著手握風之刃，撕裂所有迎面襲來的火龍。

火龍四分五裂，最後只剩下點點燐光，描繪著螺旋，同時隨風直衝雲霄，消失無蹤。

王馬輕易擋下史黛菈全力施展的長距離砲火，依然面不改色——

「〈紅蓮皇女〉，妳只有這點能耐嗎？」

他這麼對眼前的史黛菈說道——接著，他這才發現。

〈地獄龍大顎〉一瞬間遮蔽了他的視野，史黛菈便趁著這剎那，消失在戰圈上。

而當王馬察覺這點，早就為時已晚——

「我的能耐當然不只如此……〈烈風劍帝〉！」

王馬身後的空間有如蜃景般輕晃扭曲，紅髮少女突然由此現身，揮劍砍向他的頸部。

〈陽炎暗幕〉（Flame veil）。

這是史黛菈的伐刀絕技，能藉由熱能折射光線，隱藏自己的身軀。

沒錯，王馬錯估了史黛菈。

他以為史黛菈只會仰賴自己的魔力量，以量取勝。但史黛菈這名騎士超越了他的預期。

史黛菈的強大破壞力奪走王馬的注意力，讓他誤以為眼前的騎士只會以攻為守。不過，史黛菈其實是一名超高次元的全方位天才。

她在施展魔法方面的手段之多，甚至連珠雫都得甘拜下風。

而史黛菈從中擬定戰術，漂亮地繞到王馬身後——

「哈啊啊啊啊啊——！」

她全力揮劍，斜下斬向毫無防備的王馬。

就在那剎那——

「不、不行啊！」

刀華放聲吶喊的同時，赤紅的雨珠灑向戰圈，血花綻放。

◆◇◆◇◆

戰圈上的點點鮮血——是史黛菈的。

『史黛菈選手受傷了！〈烈風劍帝〉的刀終於捉住了〈紅蓮皇女〉！史黛菈選手的上臂噴出鮮血！〈烈風劍帝〉黑鐵王馬選手奪下了開場首攻！』

雙方勢均力敵的攻防戰頓時一變。

這次有效攻擊明顯展現雙方的實力差距，會場因而哀號四起。

不過負傷的當事人卻沒有伸手止血。

她不在乎自己的傷勢？

不，她是因為太過震驚，傻在當場，甚至意識不到自己的傷勢。

（這是、什麼……!?）

史黛菈露出難以理解的神情。

這也難免。

如果王馬事先預測到她的偷襲，因此展開反擊——她倒還能理解這個狀況。

但是……事實並非如此。

史黛菈的斜下斬命中王馬了。

〈妃龍罪劍〉確實砍進了王馬的肩頭。

但是——她的劍刃卻無法繼續前進。

刀華以前也體驗過同樣的現象，她不禁咬緊牙根。

她心想：果然會演變成這種狀況。

「〈烈風劍帝〉的可怕之處，不只是他的攻擊……我和他的魔力差不了多少，但是他承受了我的斬擊之後，就像剛才一樣，毫髮無傷。他的防禦力實在謎團重重，那究竟是……」

那究竟是什麼？刀華開口質疑道。

身旁的一輝聞言——則是這麼答道：

「那份防禦力本身並不難理解，但的確是**非比尋常**。」

刀華瞪大了雙眼。

「黑、黑鐵同學知道那份防禦力的謎底嗎？」

一輝點了點頭。

「我不久前曾經和大哥交手過，是當時發現的。」

他接受諸星雄大的邀約，前往諸星家中經營的餐館，並且在回程途中遭到王馬襲擊。

一輝在那個瞬間，接觸到王馬的「異形」。

而他當時就看穿了「異形」的真面目。

「史黛菈只要再進攻一次就會懂了。不過——」

一輝說到一半，便不再繼續說了。

因為一輝就算明白了「異形」的真面目，他也無可奈何。

就如同王馬當時所說。

他的力量並非「技術」——並不存在破解方法。

而就在這瞬間——他的預測成真了。

戰圈上的兩人再次交鋒。

經過數次交手後，王馬施展突刺，有如飛箭般刺去。

史黛菈則是輕巧舞動身軀，躲過了攻擊——

這次她不只是以自己的力量，同時還利用對手的力道反擊，朝著身軀橫斬。

劍身畫出水平一線，順利斬進王馬的軀體——接著便停止不動。

「不會吧……！」

「哼！」

「——————!!」

史黛菈因為震驚而僵住，王馬則是使勁踢向史黛菈的側腹。

史黛菈身體高高飛起，彈出十幾公尺之外。

「咳、咳咳！呃……！」

史黛菈跪倒在地，痛楚刺穿了五臟六腑，令她痛得呻吟。

她的脣邊滴下鮮血。

史黛菈堅固的魔力防禦，甚至能抵擋〈不轉〉多多良幽衣的靈裝一斬。但是王馬的一踢卻輕易突破她的防禦，傷及內臟。

這股衝擊，彷彿被攻城槌狠狠一撞似的。

不過——

史黛菈明白了，原來如此，難怪會斬不進去。

她在兩次進攻時，手感猶如砍上岩壁，再加上側腹的損傷。

史黛菈藉由這些資訊……察覺了王馬的「異形」。

「真是難以置信……你的身體、究竟是……！」

史黛菈顫抖著聲音，但是她的顫抖不只來自腹部的傷勢。

王馬見狀——

「呵……攻擊兩次之後，也不難發現。」

王馬淡淡一笑，回答了史黛菈。

「妳想問這是什麼嗎？這是——我的決心。」

◆◇◆◇◆

「事情發生在五年前。

我在小學生最後一年，稱霸了騎士聯盟主辦的U－12世界大賽。但是我私底下卻對這個成果感到厭煩。」

當他稱霸世界後，他才發現。

只以刀背互相比拚，獲勝之後也開拓不了任何道路。

即使他一路贏到世界大賽，這些比賽仍舊出不了「鍛鍊」的範疇，根本是假貨。

「我不可能仰賴這種兒戲挑戰自己的界限。

更不可能跨越自己的極限。

——當時的我很痛苦。

自己的成長期……在這個能盡情成長的時期，我竟然還要浪費至少三年時間，待在這種如溫水般的環境。」

他想更加強大，更上層樓。

王馬比任何人都追求著這些，他不可能忍受自己的停滯。

他始終追求著超越自身極限的挑戰，希望解放自己的力量。

「因此……我為了追求這一切，離開了聯盟。」

世界上存在著他所追求的「真正的戰鬥」。

有時是在貧民窟。

有時是在地下競技場。

有時是在槍林彈雨的戰場上。

黑鐵王馬得到自己夢寐以求的環境，傾心鑽研。

他還記得，那段時間是多麼的充實。

他在每一場拚上性命的戰鬥中，看著自身日漸精深，為此陶醉。

只要這麼做，只要繼續行走在這條道路上，自己就能成為世界最強的騎士。

他對自己沒有一絲懷疑。

但是……

「我的自滿並沒有持續多久。我在武者修行的途中，在這個世界的盡頭，遇見了真正的魔鬼。」

「魔鬼……？」

「〈暴君〉……妳身為一國的公主，肯定記得這個名號吧。」

「────！」

王馬口中的稱號。

會場中滿是疑惑的喧鬧，不過史黛菈卻震驚地瞪大緋紅雙眸。

就如王馬所說，史黛菈身為聯盟加盟國的皇族，她確實知道這個名號。

她當然知道。

號。

那是……國際社會的宿敵——〈解放軍〉。

這名伐刀者，他是地下世界的統帥，惡人們的〈盟主〉。〈暴君〉，就是他的綽號。

「你該不會、和他交手了……!?」

王馬點了點頭。

「我被徹底擊潰……我窮盡全力，卻連抵抗都做不到。」

這也是理所當然的。

他的對手可是從半世紀以前就君臨地下社會的頂點，如同暴力的化身。

他們之間的差距之大，甚至連王馬自己都無法看清。

王馬體會到自己不過爾爾，最後只能拋開自尊，乞求對方留他一命。

不過，〈暴君〉不可能聽進他的哀求。

王馬無法抵抗，對手也對他的哀號充耳不聞，徒留無情的暴力踐踏全身，久久未曾停歇。

「我現在光是想起那個時候……便會恐懼得全身顫抖。我從未如此深刻感受過，名為『死亡』的絕望就近在咫尺……不，若是〈比翼〉沒出手挽救，我恐怕會真的死在他手下。

於是，我接觸到世界巔峰的魔人領域，徹底明白自己簡直如同井底之蛙。即使我繼續以往的鍛鍊，沿著這條道路前進……憑我的速度，根本不可能抵達巔峰。」

人的一生太過短暫，自己若是想以現在的步調抵達那個境界，恐怕一輩子都辦不到。

「既然如此……鍛鍊已經沒有任何意義了。我不需要普通的訓練，我要追求的是……**進化**；我不能單純行走於道路上，我必須獲得羽翼，展翅飛向巔峰！」

這瞬間，王馬伸手抓住和服的上衣——

「〈天龍甲冑〉——**解除！**」

一口氣剝下！

下一秒，無形的力量衝擊著史黛菈，以及整座會場。

衝擊彈飛了史黛菈，將她逼至戰圈邊緣；同時會場的欄杆扭曲變形，場內所有面向戰圈的窗戶應聲破碎。會場內頓時哀號四起。

史黛菈見到眼前的光景，不禁屏息。

王馬剛才確實說了「解除」兩個字。也就是說，他並不是現在才生產出這陣空氣——

「難、難不成、你至今都是以多到誇張的空氣……**壓迫自己的身體**嗎!?」

王馬回以沉默的肯定。

沒錯，稍早的空氣爆炸，全都來自於王馬。那些空氣化為高壓的枷鎖，至今始終束縛著王馬。他的伐刀絕技——〈天龍甲冑〉，能在身上覆上暴風，做為鎧甲彈開敵人的攻擊。而他**反向操作**，在自己的身上長時間施加規格外的負擔。

「你這麼做，到底是為了什麼……」

「當然是為了讓自己『進化』。」

所謂的「進化」，是指生命為了適應環境所具備的基本能力。舉例來說，人類如果從小不斷地游泳，他的手指便會長出類似「魚鰭」的物體。

王馬想讓肉體能夠承受任何攻擊，並且獲得能擊潰所有敵人的臂力。於是他刻意讓自己身處於過度嚴苛的環境，試圖強行喚醒人體的力量。

生命確實具備進化的功能，但是進化的過程必須花上長久的時間，他的想法自然是行不通。

他將人體置身於如此強大的壓力之下，不可能平安無事。

壓力從四面八方壓迫著王馬，他甚至連指頭都動不了。

肌肉崩解，骨頭支離破碎。

外力擠壓內臟，使內臟無法順利運作。

王馬處在這種狀態下，當然不可能正常戰鬥，他不斷地輸掉比試。

但是……王馬依舊沒有停止。

他知道，自己要想踏入魔人的領域，他只能這麼做。

他仍然殘忍地逼迫自己，即使自己已經遍體鱗傷。

他深知，假如自己死於自身力量的壓迫，一切也就到此為止了。

「於是……我的全身刻上數不清的傷痕。而就在此時，我的胡來終於開花結果。」

他的身體為了適應自己強加的環境，漸漸開始**進化**。

骨骼為了承受迎面而來的壓力，硬度遽增，堅硬如鐵；內臟為了使血液循環全身，增強了脈搏；全身的肌肉纖維為了在高壓之下流暢地行動，一根根地變得粗壯、強悍，提高了強度……到最後，王馬的身軀感受不到「壓迫感」——這個時候，他的身體才真正地化為「鋼鐵」。

「妳從外表應該看不出來，但就如同**妳的手感**，我的肌肉與骨骼經過不斷地壓迫，密度已經是常人的數十倍，質量可是遠遠超越了〈鋼鐵狂熊〉，半吊子的斬擊根本傷不了我。」

再加上——

「而我現在解開了枷鎖，妳明白這是什麼意思。」

「～～～～～～……！」

史黛菈聞言，趕緊舉劍，不過——

「太慢了！」

「唔——」

王馬踏碎石板製成的戰圈，只踏出一步，便一口氣拉近雙方的距離。

接著他以迅雷不及掩耳之速，三度揮刀。

三道斬光呼嘯而去，同時襲向史黛菈。

這三刀彷彿能在同一剎那就將史黛菈斬成碎片。

太快了，甚至比一輝模仿〈比翼〉之劍的斬擊還快——

「哈啊啊啊！」

史黛菈仰賴優秀的運動神經與戰鬥直覺，勉強擋下這三刀，但她也明白，繼續待在刀劍戰的距離，實在太危險了。

史黛菈承受王馬的斬擊，同時向後跳去。

藉著對手施予的力道，逃離對手的攻擊範圍。

一輝與自己進行模擬戰時，就曾經像這樣拉開距離。

不過——

「呀啊啊啊啊啊啊啊啊————!!」

王馬立刻做出對應。

他朝向逃離攻擊範圍的史黛菈，亂數擊發〈真空刃〉。

真空斬擊以凌駕來福槍子彈的速度飛去。

史黛菈不可能以肉眼看穿彈道。

不過，這是一場伐刀者之間的戰鬥。

〈真空刃〉上帶有蜃景般的魔力。史黛菈讀出魔力的氣息，舉劍揮開每一斬。

但是——

「——啊、唔……!?」

當她揮開最後一刀〈真空刃〉——

史黛菈的腹部突然橫向裂開一道傷口，鮮血飛濺。

怎麼會？明明感覺不到魔力的氣息……史黛菈疑惑著。

這是當然的。

剛才的斬擊——並非出自魔力的作用。

「難以置信……**他竟然能靠臂力擊發斬擊**……！」

觀眾席上的刀華注視著戰況，顫抖地低語道。

沒錯，方才砍傷史黛菈腹部的那一刀，並不是伐刀絕技。

而是王馬揮動〈龍爪〉，引發物理性的風壓。

當然，這一刀的威力遠遠比不上〈真空刃〉。

再加上，伐刀者身上的魔力能夠承受高度的純物理衝擊，方才那一刀並沒有傷及內臟，只劃傷了史黛菈腹部的皮膚——不過，這一刀用來阻止她逃跑，已經綽綽有餘。

「哼————！」

史黛菈的腳步一滯，王馬便趁機追上，右臂持刀從斜上方施以袈裟斬。

史黛菈想迴避——但已經來不及了。

她沒預測到隔空飛來的斬擊，因此全身重心偏移，沒辦法迴避。

史黛菈便保持不穩的站姿，舉劍抵擋王馬的袈裟斬。

但是——

「糟了！他保持這個架勢，是想使用那一招……！」

王馬單以右手持刀，**留下了左手**。

一輝見狀，頓時臉色大變。

他從小偷看黑鐵家中的訓練，所以他知道。

王馬的這個架勢，正是那招護國之劍。

那是黑鐵家自武士局時代開始，代代流傳的劍術——『旭日一心流』．剛之極……！

「——〈火雷〉。」

王馬握緊左拳，揮向史黛菈——不、是揮向史黛菈擋下的〈龍爪〉刀背。

重拳猶如雷電一般，重重砸在〈龍爪〉上，施加更大的力道在太刀上頭。

史黛菈的架勢不夠穩定，不可能擋下這一擊。

史黛菈的身體猶如砲彈一般彈飛出去。

接著她直接撞上觀眾席下方的牆面，撞碎牆壁後，仍然沒有停下——

她的身軀接連撞毀強化水泥，最後彈出會場外側。

◆◇◆◇◆

『怎、怎麼了啊啊啊!?』

『不會吧?她是從會場裡飛出來的喔!?我們又不是在看漫畫!?』

『太、太誇張了!她沒事吧?』

部分觀眾進不了會場，便待在巨蛋外頭聽著實況播報。他們見到史黛菈撞破巨蛋的牆壁，摔了出來，頓時一陣騷動。

而巨蛋裡也是一樣。

觀眾見到過於衝擊性的場面，一時之間歡聲雷動。

『太——激烈了————!!史黛菈選手不只是飛出場，更是直接飛出巨蛋外啊！敝人擔任A級聯盟播報員超過十年以上，如此壯觀的出場畫面，我也只見過一次而已！我萬萬沒想到會在學生比賽中見到第二次啊！

這就是A級騎士之間的戰鬥！只能用**超越常理**來形容！

史黛菈選手究竟能不能在計時時間內回到戰圈中呢!?』

播報員的聲音間斷傳來。

觀眾的聲音情緒激昂。

史黛菈仰躺在地，遠遠聽著這些聲音，望著天空。

(完全中招了啊……)

史黛菈承受衝擊所帶來的刺激，已經超越人體能處理的限度，因而全身麻痺。

她有生以來第一次受到如此激烈的衝擊。

（那傢伙……真的很不得了。）

生物的確具備適應環境的能力。

生命的歷史，等同於進化的歷史。

原本居住在海裡的生物，為了在地面尋求巢穴，獲得了四肢。

或是配合居住環境的變化，在演變為雙足步行的過程中，漸漸改變骨骼。

強迫自己置身於嚴苛的環境中，就能得到一般環境中無法獲得的力量。

既然生命具備進化機能，王馬的這個想法還算是合理。

——但是，那原本應該要花上數十年、甚至數百年的時間，才能辦到。

王馬卻在自己的這一代，只花上了數年就達成進化。

王馬是以自己的能力施加負擔，他如果想放棄，隨時都能停止這麼胡來的行為。而他卻斷絕了常識與誘惑，毫不留戀尋常的強大，一心一意追求最強，追求巔峰。他單憑自己的意志力，改寫了神明創造的人體設計圖。

他的目的意識超越常軌，「嚴厲」根本不足以形容他的堅決。

（他真的……很強。）

史黛菈不得不承認他。

他那絕不妥協的生存方式，甚至讓史黛菈肅然起敬。

他的決心，貨真價實。
沒有絲毫虛假。
（——不過呢。）
『咦？』
『不、不會吧……史黛菈、**她在笑？**』
雖然聽起來很詭異，不過——
（我一點都不覺得自己會輸……！）

◆◇◆◇◆

「——五！六！」
計時的聲音響徹場內，但是戰圈上的王馬卻充耳不聞。
他比任何人都清楚，根本沒必要計時。
對手和自己一樣，都是A級騎士。
她是上天揀選的人物，背負龐大的命運誕生在這個世界上。
這種程度的攻擊——根本不可能擊敗她。
「〈紅蓮皇女〉——妳昨天說過，妳要我拿出全力，好徹底擊潰我。我回應妳的要求，拿出全力了，妳能擊潰我的話，放馬過來！」

王馬這麼說完，緩緩抬起頭。

他望向天空。

她就在那裡。

『她、她在那裡——！史黛菈選手不知何時，竟然站在夜間照明上俯瞰著戰圈！她、她摔出場外時的狀況相當慘烈，但是她的身上除了衣物破損以外，竟然沒有其他損傷！』

『只要〈龍爪〉不是直接攻擊到史黛菈，就算她撞穿了巨蛋，純粹的物理衝擊也傷不了她幾分。更何況，史黛菈可是擁有世界最高的魔力量呢。』

『而就在剛才，史黛菈選手在計時八秒的同時回到戰圈中了！』

觀眾見到史黛菈稀鬆平常地回到場內，只能為此驚嘆不已。

主審宣布比賽繼續進行，王馬再次舉起〈龍爪〉。

不過史黛菈並沒有跟著舉劍——

「王馬，比賽繼續進行之前，我想問你一個問題。」

她以至今最為親切的語氣……問向眼前的敵人。

「什麼問題？」

王馬沒有放鬆架勢，直接回問。

史黛菈只想問一個問題。

「你不擇手段朝著巔峰邁進……是為了什麼目的？」

他的目的意識強韌無比。

史黛菈想知道，究竟是什麼支撐著王馬？

王馬聞言，微微垂眼，沉默半晌後，這麼答道：

「……這件事根本不值一提。

我在小時候參加老家舉辦的比試，第一次獲勝的時候，讓我非常開心。

於是我這麼心想。

如果我能成為這個世界最強的人……那一定是相當愉快。

說得直接點，我的理由就是這麼單純。」

所以這件小事並不值得拿來自誇。王馬這麼說道。

不過——

「……你真厲害呢。」

史黛菈打從心底這麼認為。

史黛菈背負著皇族的使命。

對國民應盡的義務成為史黛菈的枝幹，支撐著她。

但是王馬卻不同。

他從頭到尾都只為了自己。

他只為了這小小的心願，獲得如此強大的力量。

王馬得知世界的寬廣，體會到深沉的絕望，卻始終不曾妥協。

王馬的頑強，就如同她深愛的那個男人……

「王馬，你是第二個讓我真心感到『敬佩』的敵人。

所以我就讓你見識一下。

〈紅蓮皇女〉——史黛菈・法米利昂真正的力量……！」

她的心中已無憎恨。

王馬曾經的所作所為確實令她憤怒，但如今，這份恨意消失無蹤。

她身為一名騎士、一名武人，只想全力擊敗這名高尚的敵人。

史黛菈下定決心，舉起〈妃龍罪劍〉——

「〈龍神附身(Dragon Spirit)〉————!!」

——刺進自己的胸口。

就在這個剎那，史黛菈的身體發出眩目的強光，熱浪噴發，並且包覆住整個會場。

◆◇◆◇◆

十天前。

史黛菈敗給王馬之後，下定決心重新鍛鍊自己。於是她拜託新宮寺黑乃找來的破軍學園臨時講師——〈夜叉姬〉西京寧音，希望她協助自己特訓。

西京答應了史黛菈的請求，於是兩人便前往隸屬於破軍學園的奧多摩集訓場，展開特訓。

史黛菈經過世界第三的強敵鍛鍊之後，也獲得不少收穫。

但是，除此之外——

『史黛菈的劍招裡有個決定性的缺陷。』

特訓第一天，西京指出了這個癥結點。

自己的缺陷究竟是什麼？

說老實話，史黛菈完全搞不懂。

自己這麼說或許有點厚臉皮，不過史黛菈自認是個全方位發展的伐刀者。

她身上應該沒有特別明顯的缺陷。

但另一方面，她卻無法忽視西京的話，隱約覺得西京指出了相當重要的重點。

因此，她更是顯得急躁。

西京的話彷彿刺在喉頭的魚刺，不時迴盪在史黛菈的腦海中。

她依舊找不到答案。於是時光飛逝，時間彷彿在嘲笑史黛菈的焦躁，來到了七星劍武祭開賽的前一天——

「好了，七星劍武祭明天就要開賽了，如何？妳知道自己的劍招有什麼缺陷了嗎？」

這天一大早，西京來到做為訓練場的森林廣場，史黛菈這麼拜託西京：

「寧音老師……！拜託妳！妳能不能告訴我，我到底少了什麼？就算是一點提示也好……！」

不過西京只給她同樣的答案。

「不行。」

「為什麼!?」

「妾身要是隨便告訴妳答案，可能會造成反效果。更別說對象還是妳這個人呢，史黛菈。」

如果是自己，就會造成反效果？

這到底是什麼意思？

史黛菈感到疑惑，如果對象不是自己，就不會有反效果嗎？

「我根本聽不懂妳在說什麼啊……」

史黛菈神情迷惘，有如迷路的孩子。然而——

「是嗎？那也沒辦法呢。」

西京嘆了口氣——

「〈紅蓮皇女〉史黛菈·法米利昂的七星劍武祭，就到此為止了！」

接著她舉起鐵扇型靈裝——〈嫣紅鳳〉，橫畫一線！

下一秒，史黛菈的臉頰裂開淺淺的傷口，血珠飛灑空中。

「——嗄？」

史黛菈面對西京突如其來的攻擊意圖，一時之間傻在當場。

臉上流血，代表對方沒有放水，刻意亮出刀鋒。

但是——

「妳、妳做什麼啊？我明天就要比賽了，今天至少要——!?」

史黛菈出聲抗議，但是她的抗議卻說不到最後一個字。

她見到西京的表情。

（什麼啊，那張臉……！）

西京的雙眼中透露著殺氣。而特訓至今，她從未展現出如此強烈的殺氣。

（她是、認真的……！）

「唔！」

七星劍武祭明天即將開賽，西京卻做出這種舉動。

史黛菈實在不懂西京在想什麼，不過，她明白一件事。

她本能地察覺，現在的狀況非常糟糕。

史黛菈在腳下引爆魔力，大步跳向後方。

她與西京拉開距離，不過——

「妾身才不會放過妳！」

「唔、啊啊啊!?」

西京手腕朝上，輕輕勾了勾食指。

緊接著，史黛菈的身體被看不見的力量拉向西京。

那是西京的能力——〈操縱重力〉引發的引力。

她不打算放過史黛菈。

她的確是認真的。

那麼史黛菈沒有時間疑惑，也沒有餘力猶豫了。

史黛菈也將自己的靈裝從〈幻想型態〉轉為真正的刀刃。

接著，數簇火焰聚集於劍刃上——

「〈燃天焚地龍王炎（Calusaritio・Salamander）〉——————！」

炎熱之刃化為光柱，一斬揮向西京。

光之刃奔馳在軌道上，不偏不倚地朝著西京斜斬而下。

但是，當劍刃接觸到距離西京的皮膚三十公分之前，就在這瞬間——

斬擊的軌道突然一扭，偏向完全不同的方向。

「什……!?」

到底發生什麼事？

史黛菈腦中滿是疑惑，但是她沒時間多加思考。

因為西京已經將史黛菈拖進自己的攻擊範圍，並且揮動鐵扇。

「〈黑刀・八咫烏〉！」

緋色鐵扇上寄宿著黑刃，足以壓碎光芒的超重力撕裂空氣，襲向史黛菈。

史黛菈的攻擊不但徹底揮空，架勢也不穩，無法閃避這一擊。

雖然她無法閃避——但是她靠著高度的體能收回刀刃，抵擋了這一擊，簡直是神乎其技。

不過——她的神技也就如此而已。

「〈黑死蝶〉。」

史黛菈接下了西京右手的鐵扇，西京則是展開左手上的另一把鐵扇，彷彿搧風似地輕輕一揮。

漆黑的重力能量化為蝴蝶的形象，展翅撞向史黛菈的側腹——

「唔呃～～～～～～～～～～～～～～～～～～～～!?!?」

緊接著，超大質量的衝擊砸向史黛菈，她的身體彷彿被大卡車衝撞，狠狠彈飛出去。

史黛菈的身體騰空滑行在地面上，栽進身後的森林中，接連撞斷不少樹木後，摔倒在聳峙的斷崖邊。

「咳……呵哈……！」

史黛菈大開的脣邊泛出鮮血，身體搖搖欲墜。

但是她將劍刺進地面，支撐著身體。身穿緋紅和服的女子從倒塌的樹木後方緩緩走來，史黛菈開口問道：

「唔、嗚嗚……！妳到底、在想什麼！為什麼要這麼做……！」

西京答道：

「也沒為什麼，史黛菈是為了贏過小王馬，並且與黑鐵小弟再戰，才會進行這場特訓，對吧？可是……妳到現在還不知道自己的劍有什麼缺陷，妳的期待等於痴人說夢呢。妳就這樣直接參加比賽根本沒意義，不，妳要是用這副落魄模樣，正面單挑同樣身為A級的小王馬，一不小心就會死翹翹呢。A級騎士之間的戰鬥就是這麼危險……雖然妾身教妳的時間不長，但妾身好歹算是妳的師父，只好阻止妳參賽了。妳就把這個當作是師父的愛，在床上好好睡上兩、三天，等妳醒來，一切都結束囉。」

西京說完，發動〈地縛陣〉。

她加強周圍空間內的重力，在史黛菈的身體上施加十倍的重力。

如此一來，她就無法順利逃脫。不過——

「混、蛋————！別開玩笑了啊啊啊啊！」

那是針對一般伐刀者的狀況。

史黛菈承受著重力，仍然從地面拔起劍，以雙腳立起身軀——

「〈妃龍大顎〉————!!」

她使勁揮劍，驅使纏繞劍身的烈焰射向西京。

十隻火龍飛竄而出。

火龍從樹木的間隙中穿透，扭動身體，眼看即將咬住西京。

但是當火龍即將接近她的那一刻，火龍們頓時產生異狀。

火龍們紛紛扭曲身軀，彷彿想從西京身邊逃開，奔向完全不同的方向。

（為、為什麼!?我完全無法控制……！）

她數度命令火龍、改變軌道，全都徒勞無功。

火龍完全無法接近西京。

她用了什麼方法妨礙自己的追蹤術式嗎？

——不，西京的能力不可能做到這種事。

那又是為什麼？史黛菈仔細一想，馬上明白了原因。

（原來如此……！她以超重力扭曲了整個空間，將空間化作了迷宮……！）

但就算史黛菈理解了個中道理，她也無計可施──

「妳就安分點吧。」

「呼、啊…………！」

西京加強〈地縛陣〉的重力，終於將史黛菈壓垮在地。

骨頭吱呀作響，身體漸漸陷進地面。

她想站起身，卻連上半身都撐不起來。

（她、太強了……）

但這也是當然的。

對手是KOK（King Of Knights）·A級聯盟排行第三。

她可是聯盟加盟國中排行第三位的騎士。

她們雖然同為A級伐刀者，史黛菈終究還只是學生，怎麼可能贏得了這種對手。

假如對方拿出真本事擊潰自己，自己根本無法抵抗。

──再這樣下去，一切真的就完了。

七星劍武祭，她與一輝重要的約定。

她會失去一切。

她太不甘心，眼中泛著淚光。

（對不起……一輝…………我──────）

當史黛菈在心中默默對一輝道歉，就在這一秒──

噗通。

她的全身感受到，自己的心臟狠狠一跳。

（咦……？）

眼看史黛菈就要放棄一切，心臟的脈動卻和她懦弱的心靈相悖，越來越強烈。

心臟劇烈跳動，大肆作亂，拚命向史黛菈咆哮：

——笨女人，不要輕易放棄，我才不會輸給任何人！

（啊，仔細一想……以前也是這樣呢。）

史黛菈聆聽身體發出的吶喊、呼喚，回想起從前的自己。

自己身為伐刀者的能力覺醒，並且變得能稍微控制住這股能力的那個時候。

史黛菈越是傾心鍛鍊，她就變得越強大，漸漸沉醉在自己的力量之中。

自己的極限究竟在何方？

這份永無止境的才能，究竟能讓自己變得多強大？

聽說自己的魔力是世界最高。

她深深體會到這有多麼美妙。

這樣一來，她就不會輸給任何人。

不論面對什麼敵人──

──她都能守護這個國家、守護這些重要的國民。

（沒錯，就是這麼回事……）

真是的，史黛菈對自己苦笑。

自己為了變強，明白了世界的寬廣，見到了各式各樣的事物，與各種敵人戰鬥過──

她在變強的同時……竟然忘了那份無比重要的事物。

那就是她的自信。她打從呱呱墜地的那一刻開始，就比任何人都還要強大。

但是她對自己過於嚴苛，不知不覺小看了自己。

──身為學生，這個對手實在難以取勝？

──對方拿出真本事擊潰自己，自己就無計可施？

她實在太笨、太愚蠢了。

所謂的魔力，就代表那個人承擔著多大的命運。

自己擁有世界最高的魔力量，當然承擔著同等強大的命運。

雖然她還不明白這份命運是什麼──

但是，**區區世界第三的程度，不可能阻止得了她**。

「──────」

那麼，解放一切吧。

將沉睡在體內，自己都無法知曉的這份力量徹底解放。

這份力量必定存在於自己的體內。

現在只需要讓她的軀體、她的靈魂放聲咆哮——！

「嗚、啊、啊啊、啊、啊啊啊啊啊啊啊啊啊啊啊啊啊——!!」

史黛菈下定決心的瞬間，身體擅自有了動作，舉起〈妃龍罪劍〉刺向自己的胸口。

毫不猶豫，毫不迷惘。

就有如呼吸一般自然。

她的身體、她的細胞知道怎麼做。

她知道如何真正使用這份力量——

下一秒，光與熱以史黛菈的身體為中心，瞬間爆發開來。

光之風暴就如同炎熱的鐮鼬，吹襲四面八方。

森林的樹木只要接觸到這陣風暴，**還來不及延燒**，瞬間化為了灰燼。

光熱暴風吹拂著西京的髮絲……她露出淡淡微笑，安心地說道：

「終於覺醒了，真是個讓人操心的孩子。」

『這、這究竟是怎麼回事啊——!?史黛菈選手突然做出像是舉劍自盡的行動,緊接著,史黛菈選手的身上掀起了光之風暴,眩目的強光頓時包圍整座戰圈——!攝影機和我們的雙眼都無法窺探戰圈上的狀況!現在究竟發生什麼事了!?』

『好熱!好燙啊!』

『請不要觸摸欄杆!可能會燙傷!請各位觀眾放開欄杆!』

熱浪蔓延至觀眾席,負責保護觀眾的魔法騎士們大聲宣導,他們的聲音與觀眾的哀號交織在一起。

◆◇◆◇◆

西京在這陣騷動之中,望著和當時相同的光芒,淡淡低喃道:「這樣就行了。」

(史黛菈**應該要更相信自己的才能**。)

她缺乏的事物。

總歸來說,她缺少的正是「驕傲」,她應該要自豪自己擁有的才能。

史黛菈擁有比任何人優秀的才能,卻也更加努力,從不懈怠。

有些騎士的魔力比自己低劣,卻擁有優秀的技術,所以她尊敬、欽佩那些騎士。

這份謙虛是身為人類的美德。

不過——西京這麼認為。

這些不一定適合套用在史黛菈身上。

對**那些能力一般的普通人**來說，謙虛或許是一種美德。
但是這句話根本不適用於這名超群拔類的天才。
她根本不需要向他人看齊。
她該抱持的並非謙虛，而是傲慢。
她身為〈絕對強者〉，她應該為此自負。
因為她打從降生在這個世界時，就是一隻獅子。
世界上沒有獅子會去羨慕兔子。
她必須自大，必須傲慢，必須貪婪。
她必須堅信，這個世界上不會有人比自己更強。
這樣一來——
她的才能便會盡情滿足她的自大、滿足她的傲慢、滿足她的貪婪……！
（……不過妾身也沒想到，她體內竟然潛藏著這種怪物啊。）
於是，四處肆虐的光熱風暴漸漸消散，化為純白的視野逐漸恢復原狀。就在這個瞬間——
『『『…………!?』』』
會場中的每個人都為之屏息。
光芒包圍戰圈前後，史黛菈與王馬的位置都沒有改變。
但是史黛菈的狀態卻完全不同。

只見史黛菈佇立在那有如蜃景般歪斜扭曲的光景之中。

她刺向胸口的〈妃龍罪劍〉不翼而飛，只留下一道傷口，猶如烙鐵般閃耀。

那道傷口彷彿脈搏跳動一般，一點一滅。史黛菈的肌膚與紅髮彷彿在呼應傷口的脈動，從內部散發出灼熱的光芒。

眼前的現象，和史黛菈至今施放出來的魔力光芒完全不同。

魔力光芒並非噴發而出，而是在體內點燃。

她的身上究竟發生了什麼——

正當每個人這麼疑惑的瞬間。

史黛菈緩緩抬起頭，張開雙顎，接著——

「■■■■■■■■■■■■■■■■————————!!」

仰天長哮。

少女嬌小玲瓏的雙脣中發出了咆哮聲。這陣咆哮，明顯屬於非人之物。

那聲音宛若地鳴、猶如怒濤，抑或落雷。

這陣**巨響**，足以震撼大氣——

「〈紅蓮皇女〉……妳、那聲音、究竟是……」

「好好防禦，不然你就死定了。」

史黛菈語畢，下一秒，有如子彈一般，瞬間拉近五十公尺的距離，進到王馬的胸懷之中。

接著，閃耀光輝的手掌握拳，以渾身之力揮向王馬。

「——！」

被她趁虛而入。

王馬躲不過這拳。

但是對王馬來說，這種攻擊根本比不上靈裝造成的斬擊，他本來就沒必要閃避。

不過——史黛菈勸告王馬時的語氣隱約蘊含肯定。

她的肯定觸動了王馬的危機感。

王馬將結實的雙手交錯在前，防備史黛菈的一拳。

史黛菈全力的一拳擊中王馬的防禦態勢，就在這個瞬間——

「唔、哈、呃啊、啊啊啊……！」

厚實的衝擊穿透了防禦，擊中王馬的胸骨。這一拳的衝擊，遠比王馬預想的還要沉重、堅硬。

雙重防禦無法抵銷這股衝擊，攻擊穿透胸骨，刺穿背部，他的雙腳應聲離地。

『史黛菈選手的攻擊穿透了防禦，直接打飛王馬選手！王馬選手至今不論遭受到任何攻擊、任何靈裝的斬擊，表情都是無動於衷，但是現在，他的口中竟然發出了痛苦的低嚎！並且跪倒在地！這一拳竟是如此沉重！』

『這拳可不光是沉重而已，你看看小王馬的手臂。』

『咦？』

西京出聲指正了播報員，同時轉播席的攝影機移向王馬的手臂。

螢幕上映出了驚人的畫面。

『這、這是……！王馬選手的手臂上，竟然烙著史黛菈選手的拳印，簡直像是烙印啊……！』

『剛才的那一擊，可是名副其實地**燒灼刺骨**。也就是說——』

「嗚唔唔、啊啊……！」

王馬屈膝在地，壓著遭擊中的手臂痛苦不已。

這也難免。

史黛菈的一拳不只讓王馬強韌的骨骼龜裂，還燒灼骨頭。

對王馬來說，他的骨頭現在彷彿成了燒紅的鐵棒。

高溫從內部灼傷肌肉，焚燒神經。

『外在的疼痛對他來說，或許是家常便飯，但是他應該很難經歷這種內部遭到灼燒的痛苦，這下可難過囉。』

『您說得沒錯……！可、可是我實在不懂！現在的史黛菈選手明顯不同於剛才的她！她的力量怎麼會突然暴增呢!?究竟發生什麼事了!?』

觀眾席彷彿在呼應播報員的疑惑，開始躁動不已。

也難怪他們會疑惑。

王馬至今都是刀槍不入，現在史黛菈竟然能一拳擊潰王馬。她的臂力、外貌的轉變、非人的咆哮，種種狀況令人斐解。

不過——

「原來如此……是這麼回事啊……！」

一輝與史黛菈共度數個月的時光，比誰都接近這名少女，所以他是第一個發現這個問題的解答。

「黑鐵同學，你知道史黛菈同學為什麼會突然變強嗎？」

一輝聽見刀華的詢問，點了點頭。

「……史黛菈或許一開始就搞錯能力的使用方法……**她根本不是火術士。**」

「咦、咦咦!?那是什麼意思……」

刀華聞言，更是滿頭霧水。

她無法理解一輝的意思。

而西京見證了史黛菈的覺醒，她開口解釋道：

『伐刀者啊，並不是天生就會使用自己的能力，大概都是某天突然發現自己可以發出火焰，或是可以操縱重力之類的，然後才從自己發現的使用方式開始學習操縱能力。不過呢，這麼做偶爾會有人誤解自己的能力。

妾身自己就是這樣。妾身第一次發現自己的異能，是讓玩具浮在空中，所以妾身還以為自己的能力是讓東西飄浮，結果根本不是，只是使用能力的方法正好能做出同樣效果，能力本身跟飄浮完全不一樣。

史黛菈也一樣，如果自己突然從空無一物的地方噴出火焰，是誰都會以為自己是火術士。大部分的人會和妾身一樣，小時候使用能力遊玩或是戰鬥的時候，慢慢解開這個誤解。不過史黛菈麻煩的地方就是……**她即使搞錯自己的能力，仍然強得不得了**，所以才會一路搞錯到現在。』

「也、也就是說，史黛菈選手並不是火術士嗎？」

『就是這麼回事。史黛菈本來的能力並不是自然干涉系，而是概念干涉系，而且大家應該都知道這個概念是什麼。渾身流淌沸騰血液，口吐炙熱火焰，象徵無可匹敵的恐懼與暴力，在這個世界的每個角落口耳相傳，神話中的怪物……！』

「難、不成是……！」

王馬單膝著地，仰望著史黛菈。他聽完西京的解釋，腦中浮起最糟糕的可能性。而他的預感正中準心。

「概念干涉系——〈巨龍(Dragon)〉。

其能力是將神話世界的頂級掠食者能力顯現於自身。

這就是我——〈紅蓮皇女〉史黛菈・法米利昂真正的力量。」

火焰只是她一小部分的能力，只是單純的〈吐息〉(Breath)。

她就如同神話中的怪物，將烈焰寄宿於體內，獲得了「巨龍」的臂力。

凡是與「巨龍」這個概念有關的暴力，她都能顯現在身上。

這才是她真正的能力，以及正確的使用方式。

史黛菈在與西京的戰鬥中察覺了這點。

也就是說，這隻遭到束縛的巨龍原本只會「吐息」，現在她終於掙脫枷鎖，能夠全力以赴——

「不過我還不習慣這個力量，不太能控制好，恐怕……真的會徹底擊潰你。我應該不會再與你正面對決了，所以最後，我要對你說一句話。

王馬，真是非常謝謝你。託你的福，我才能想起真正的自己。」

「……！」

王馬明白了——他現在不能再保留任何餘力。

「〈天龍甲冑〉——————！！」

只見史黛菈再次進攻，王馬全身覆上暴風之鎧，全力迎擊。

史黛菈現在是赤手空拳。

雙方一旦拉近距離，對方的攻擊速度肯定占上風。

所以，他一定要在刀劍戰的距離內解決史黛菈。

王馬下定決心，施放無數斬擊，同時攻向史黛菈。不過——

「太慢了！」

「……!?」

王馬的斬擊鋒利無比，史黛菈只以雙拳一一抵擋那如雨般的大量斬擊。

她的拳頭準確命中〈龍爪〉的刀腹，拳上不留一絲擦傷。

而當她每一次擊開〈龍爪〉，王馬的手便感受到龐大的衝擊。

衝擊大到彷彿他只要微微鬆手，〈龍爪〉就會被擊飛至遙遠的彼方。

王馬全力握緊刀柄，勉強不讓〈龍爪〉飛出掌中，他的額上微微滲出汗水。

（這就是、巨龍的臂力……！）

神話世界中的怪物所擁有的壓倒性臂力。

就是這個力量支撐史黛菈，讓她發揮出不符體型的怪力。但那就像是關緊的水龍頭中滴出的水滴，她只是無意識中運作自己的能力。

現在史黛菈察覺自己的力量，並且學會如何全力開啟能力的水龍頭。

這樣一來，她的力道自然和平時的她相去懸殊。

她現在的體能提高到以往的數十倍。

她仰賴從中而生的毀滅性速度與攻擊力，彈開王馬施展的所有斬擊，並且漸漸逼近他。

史黛菈只要再彈開三斬，就能進入雙拳的攻擊範圍內。

不過──

「哼──────！」

王馬也不會讓她輕易靠近。

〈烈風劍帝〉在此展現了他的招數。

他放棄以量取勝，奮力舉起〈龍爪〉。

將肌肉伸展、扭轉至極限，甚至在背脊的關節上施加壓力，扭轉身體，甚至到了背對對手的地步。

當然，他很清楚，史黛菈會趁機更加逼近他。

反正不管他再揮出多少刀，史黛菈都能輕鬆彈開斬擊。

那麼，他就把一切賭在自己**最快的一擊**上。

將刀舉至極限，也是為了這一擊。

他現在將要施展旭日一心流所流傳的神速之劍。

不只動用全身所有的力道，甚至扭轉姿勢，利用骨骼與關節回歸正確位置時的彈力加速，名副其實地耗盡全力施展的一刀。

他施展這一擊後，沒有任何防備，也做不出任何反擊。

以速為旨，以斬為理。

這就是──

「旭日一心流・迅之極——〈天照〉！」

身體扭轉至極限所施展出的一刀，**甚至不發出一絲聲響**，直接落在史黛菈身上。

「…………！」

雖然只有一刀，但是王馬的〈天照〉和一輝的〈模仿劍術〉不同，他是真正抵達〈比翼〉的境界。即使史黛菈身負龍之力，這一刀仍然超越她的反應速度，〈龍爪〉斜向斬裂史黛菈的身軀。

鮮血飛散在空中。

王馬透過〈龍爪〉，確實感受到斬開骨與肉的手感。

雖然這一擊無法傷及內臟，但至少能充分減低她的速度。

原本應該是如此——

「有破綻！」

「咕、呃嗚！」

史黛菈承受了〈天照〉，不只沒有退後，反而向前邁進，勾起長腿，彷彿長鞭似地踢向王馬的右小腿。

「喀！」的一聲，史黛菈的迴旋踢穿透〈天龍甲冑〉，一擊踢碎了王馬的小腿骨。

痛楚使得王馬腳步踉蹌，他腦中一片混亂，滿是疑惑。

〈天照〉確實沒有致命傷，但是這一擊應該帶給史黛菈充分的損傷，足以奪走她的行動力。但她為什麼還能動？

王馬立刻察覺了答案。

（這是……！）

史黛菈身上那道既長又大的斬傷。

傷口沒有流出半滴血。

不只如此，傷口還漸漸癒合，癒合速度快到不可思議。

巨龍這種生命體，擁有**強大的生命力**。

——自古以來，擊殺巨龍，必須斬其首級。

因為對巨龍來說，致命傷以外的損傷，根本不算什麼。

史黛菈現在便是將傳說中形同不死不滅的巨龍生命力，顯現在人類肉身上。

——普通的傷口對她來說，已經稱不上「損傷」了。

「嘖！」

這種能力的適用範圍，遠比王馬的想像還要廣大。

王馬判斷現在必須觀察狀況，左手放開了〈龍爪〉，將空氣聚集於掌心。

他以空氣製作出暴風炸彈。

他丟出炸彈，打算炸飛史黛菈，拉開距離。

這已經是王馬在這瞬間做出的最佳對策。不過——

「礙事！」

他的對策面對激動的巨龍，根本不管用。

史黛菈一個反手打向迎面而來的暴風炸彈，炸彈便煙消雲散。

王馬見狀，頓時僵住了臉。

（她只是靠著身上的魔力強度，就擊碎了我的魔法，彷彿用鐵敲碎石頭一樣……！）

經過這一擊後，史黛菈終於將王馬納入雙拳的攻擊範圍內。

王馬立刻收回空著的左手抵擋——

「唔——！」

想當然耳，這一拳擊碎了手骨，餘波直衝內臟。

王馬的身體向後一個不穩，跪倒在地。

停不下來。他無法阻止史黛菈的猛攻。

鍛鍊至極致的肉體、鑽研淬鍊的速度、戰鬥技術、魔法，全都——

他累積至今的努力，沒有任何意義。

純粹的**暴力**蹂躪他，擊潰了他的一切。

這股無力感喚醒了王馬的記憶，腦中閃過他第一次的挫折、第一次的敗北。

自己渾身浴血，悽慘地趴伏在地上。而那對雙瞳，就坐在那張有如王座的椅子上，俯視自己。

不論做什麼，都是徒勞。

〈暴君〉只是坐在那裡。他不斷地挑戰、再挑戰，仍然無法觸及對方，也無力保護自己，只是一個勁地挨打。

身體熱燙、痛苦，無力感充斥內心。

王馬身上遭受的所有痛楚與過去連結，勾起當時的恐懼，他的全身開始顫抖不止。

「唔、喔、喔喔喔喔喔喔喔──！」

王馬仍然奮力撐起因陰影顫抖的軀體，出手反擊。

只見史黛菈更進一步追擊步履蹣跚的自己，王馬瞄準她的心臟，施展刺擊。

但是，他的右腳已經支離破碎，全身顫抖，施招的精準度不如預期──對手──擋下了刺擊。

史黛菈舉起左手，故意讓〈龍爪〉的刀尖貫穿手掌，同時繼續前進，讓〈龍爪〉刺穿到刀身的底部，五指緊緊抓住護手。

「王馬，我抓住你了。」

（糟──────）

糟了。當王馬這麼心想，一切都太遲了。

史黛菈施展附有高熱的右拳，打向王馬滿是破綻的上半身。

「哈啊啊啊啊啊啊啊──────────!!」

而且不只一擊。

她展開怒濤般的連打，打算就此決出勝負。

王馬的〈龍爪〉被她緊緊捉住，無法向後閃避打擊。

但要是王馬放開了〈龍爪〉，史黛菈不會給他機會再次構成靈裝。

他不能放手，放了手就會輸，所以他無法逃跑。

他不能逃，也無法防禦，只能沐浴在那如同戰車砲火般的連打之下。

於是，打擊猶如暴風雨，灌注在王馬身上，燒焦皮膚，烤透肌肉，擊碎骨骼——

「～～～～～～、咳、哈……——!!」

王馬的下顎無力地張開，就在這個瞬間——

史黛菈彷彿從腳下施展了上鉤拳，由下往上擊中王馬的下巴，將王馬重達四百公斤的身軀擊飛至空中。

他的身體騰空畫出巨大的弧形，他甚至無力護身，背部便直接重重摔在石造地板上。

〈烈風劍帝〉在這場比賽——不、是在這場大賽中，第一次敗倒在地面上。

◆◇◆◇◆

『王馬選手倒地！他的身體呈現大字型，仰天倒地，一動也不動！不，是根本無法動彈了！』

『太、太激烈了……』

『這已經勝負已定了吧？』

『這就是……擁有世界最強魔力的伐刀者……！』

從她被掃出場外，接著便破紀錄般地一口氣逆轉戰局。

史黛菈發揮出真正的實力，她的強大使得會場內的人們騷動不已。

但是這陣騷動傳不進倒成大字型的王馬耳中。

這也難免。他的右小腿斷了，左手脫臼，沒有一根肋骨是完好的；史黛菈從下方直接擊中下顎，顎骨碎到牙齒根部，骨頭甚至一路龜裂到頭蓋骨；而支離破碎的骨頭現在仍然帶著熱能，從內部燒灼著肌肉。

他全身的外傷極重，就算因此失去意識也不奇怪。

他不可能聽得見周遭的聲音。

王馬模糊的雙瞳望向天空，朦朧的意識之中，他再次體會到這一切。

就如同五年前慘遭挫敗的那一天。

世界的寬廣。

自身的渺小。

——王馬確實身負超越常人的資質，如同「黃金」。

但是……他的資質頂多是沙金程度。

在這個世界上，有人和他一樣，擁有「黃金」般的才能，而且量大如金塊。
而只有那些被揀選的存在，才能踏進那個世界。
那個地方，叫做「巔峰」。
……你差不多該認清自己的程度了。
只要認命，周遭就會賦予你合乎程度的榮耀。
現實總是如此勸說著王馬。
（但是，即使如此……）

「——…………唔、喔喔……」
『王、王馬選手翻過身軀，趴伏在地，接著打算以雙手撐起身體！他打算站起身！史黛菈選手見到這樣的他，臉上也滿是驚訝！』

（……我的夙願仍苦苦燒灼我的胸懷。）
他數度體會世界的寬廣。
長久累積而來的自信、尊嚴，一切的一切慘遭擊潰。
但即使如此，他心中的渴望仍然不曾熄滅。
——我不奢望得到一切。
我也不需要活得多順遂。

我只希望完成這唯一的心願。

——我想成為第一。

他想在這個自己所愛的世界中站上巔峰。

從他第一次獲得勝利的那一天，心中就懷抱著這個願望。

史黛菈的心願是守護國家。他的心願和這名少女一比，或許顯得自私又幼稚。

只要投球稍微比人家快一些，就想成為棒球選手。

只要畫畫比別人好上一些，就想成為漫畫家。

他的心願，就好比單純孩童隨處可見的志願。

但正是這份渴望，推動著自信、尊嚴盡失的王馬，一步又一步地前進。

他就只仰賴著這份渴望。

不管那是多麼幼稚、多麼自私——

（這份渴望對我來說，都是值得賭上一生的真品（願望）！）

所以——只有這份渴望，他絕不放棄！

「喔喔喔喔喔喔喔喔喔喔啊啊啊啊啊啊啊啊啊啊啊————————!!」

『他、他站起來了！王馬選手放聲嚎叫，彷彿要吐出血來，並且撐起遍體鱗傷的

身軀，站起來了！真、真是難以置信！他的手腳都碎了啊……！』

『他以氣壓代替石膏，強行維持住骨骼構造……小王馬還沒放棄呢！』

不知不覺間，身體的顫抖止住了。

沸騰骨髓的不是恐懼，而是無止盡的鬥爭心。

肌肉、血液、骨骼、靈魂——

組成黑鐵王馬這個男人的一切，全都為了那個唯一，奮起振作。

他要超越她。

以前他面對那戰慄的絕望時，心中滿是氣餒，現在的他卻不見一絲沮喪。

自從他輸給〈暴君〉之後，他就一直想再次挑戰這個領域。他朝這個目標向前奔馳著，跑過這一千五百日。他確實是有勇無謀，但是他絕對沒有浪費這些時日。

正因為有這些時日，他才能再次爬起來。

正因為有這些時光，他才能繼續奮戰。

那麼，就隨心所欲地向前邁進吧。

他要超越眼前的少女，這次他一定要登向巔峰……！

「〈紅蓮皇女〉——一決勝負吧！」

王馬將剩餘的所有魔力灌注於〈龍爪〉，纏繞旋風。

旋風吞噬周遭的空氣，漸漸增強密度，最後結合成千上萬的斬風，化為暴風之劍。

這把天龍之爪將會鑿取觸及的一切事物。

這是〈烈風劍帝〉黑鐵王馬的殺手鐧，他曾經以此招擊敗史黛菈。

王馬高舉暴風之劍，以眼神要求史黛菈。

——拔劍吧。

他以態度表示：他明白彼此的實力差距之後，仍然打算正面承受敵人的全力。

他以這份氣魄面對自己最愛的世界，毫不妥協，完全不打算蒙混過關。

史黛菈見到這樣的他，心中突然明白了什麼。她想起集訓當時，一輝形容王馬時的側臉。

『不過真要說我對他的印象，就我所知，他對自己異常嚴厲。』

——一輝說起王馬時的表情，帶著一絲自豪。

她現在稍微理解了原因。

他一定……相當尊敬這位大哥。

只為了自己的目標，勇往直前。

這名騎士懷抱兒時的心願，並且比誰都認真地面對自身的渴望。

既然如此——

「〈烈風劍帝〉——我就接下你的挑戰！」

史黛菈也拿出自身的伐刀絕技之中，擁有最強攻擊力的魔法應戰。

她將手掌高舉空中，掌中的烈焰不再是隨風搖曳的火焰，而是將之收束，聚集成為光之劍。

魔力，即為開拓命運之力。

也就是——意志。

史黛菈聚集意志，手握意志，面對眼前的敵人。

交錯的視線之間，沒有對話。

不，是不需要對話。

雙方都明白，事已至此，他們只需要以劍相對。

於是，火與風的騎士同時揮動自身的必殺之技——

「〈斷月天龍爪(Kusanagi)〉——————!!」

「〈燃天焚地龍王炎〉——————!!」

彼此卯足全力，揮刀而下。

暴風之劍與光熱之劍彼此交錯。

就如同那場曾經的戰鬥，雙劍衝突的瞬間，炎熱暴風頓時四散。

但是——**這次它們不再勢均力敵**。

劍身衝突的剎那，光熱之劍斬斷暴風之劍——

直接吞噬了〈烈風劍帝〉。

◆◇◆◇◆

史黛菈施放的〈燃天焚地龍王炎〉不只擊敗了〈烈風劍帝〉，甚至一劍劈開了灣岸巨蛋，以及巨蛋後方的大阪灣。

巨蛋的巨大螢幕與觀眾席徹底燃燒殆盡，海中刻下了深不見底的斷層。

這場戲劇性的結局伴隨著非比尋常的破壞，使得播報員激動高喊：

『太、太壯觀了！史黛菈選手將〈烈風劍帝〉連同大海一起劈開了！』

『好、好好好、好可怕啊啊啊啊啊啊！』

『這位公主殿下真是太誇張了！要不是〈世界時鐘〉(World Clock)暫停時間讓觀眾避難，我們也會一起被劈開啊……』

觀眾望著破壞一切的爪痕，囂鬧不休。

王馬孤身承受了如此強大的破壞力，自然不可能平安無事。

主審確認王馬的狀態，判斷他無法戰鬥後，宣告比賽結束。

同時，也宣布了史黛菈的勝利。

『主審剛才宣布，史黛菈選手獲得勝利！這是一場眾所矚目的一戰，而這場A級騎士之間的怪物對決，最後的贏家就是〈紅蓮皇女〉──史黛菈·法米利昂選手！

哎呀，看看事前旁人的評論，似乎都認為準決賽第一場比賽的兩位選手還稱得上是勢均力敵，但從結果看來，最後還是由這名魔力存量世界第一的紀錄保持者，以她壓倒性的力量一舉壓制〈烈風劍帝〉！雙方的實力差距根本是不同層次！與生俱來的魔力量果然是堅不可摧的高牆呢！』

但是身旁的西京聽了播報員的說法──

『原因才不是這個呢。』

她插嘴提出異議。

『您說不是嗎？也就是說，還有其他勝利因素？』

『當然有。魔力的強大與否，就代表這名伐刀者在這個世界上承擔的命運大小。確實就像這個說法，魔力是相當重要的才能，但是擁有的力量越大，萬一使用方法不對，反撲也是一樣恐怖呢。要想驅使這份力量，必須付出常人無法承受的努力，以及持之以恆的強韌心靈。不然……也是有人一不小心**就被才能吞沒**了。事實上，史黛菈在兒時就曾經因為自己的能力，好幾次差點送掉小命。』

『有、有這麼回事啊!?』

『這個傳聞在魔法騎士界可是相當有名。不過，史黛菈不管與死神擦身多少次，都不曾放棄過，毫不妥協，持續鍛鍊至今，才訓練出高超的魔力控制力。要不然，她模仿巨龍使自己的血液沸騰，要是一個弄錯，反而會把自己燒成焦炭呢。總而言之，妾身認為史黛菈能取得這場戰鬥的勝利，主因就在於她強韌的意志力。』

史黛菈的確弄錯能力的使用方式。

但是她絕對沒有繞遠路，只是經歷必要的過程罷了。

她在這個過程中，練習如何正確控制自己真正的力量。

而史黛菈不曾止步，不曾妥協，腳踏實地走過了這個過程，現在才能順利控制〈巨龍〉之力。

那麼將勝利歸於她天生的才能，對她未免太失禮了。

『不過這些都是小事啦！最大的勝因當然是有妾身在啊！是妾身讓史黛菈挖掘出自己的潛在能力呢！哎呀，妾身真是一位名教練，不好意思啊！啊哈哈哈！』

西京自豪地高聲大笑。史黛菈站在戰圈上，一邊忽略西京的笑聲，解除了身上的巨龍之力。

沸騰的血液失去熱度，閃耀全身的熱光漸漸退去。

待全身完全恢復到適當的狀態後，史黛菈放鬆地吐出一口氣，以誰也聽不到的聲音喃喃自語。

（贏了……）

她成功突破王馬的〈斷月天龍爪〉了。

她的成長，帶來肉眼可見的結果。

毫無疑問，她變強了，而且強得能將數週前的自己遠遠拋在後頭。

現在的自己一定能觸碰到他。

數個月前，她甚至摸不到他的衣角。

從那一天開始，她就不斷地追隨著黑鐵一輝的背影。

——史黛菈回味著自身的成長，但是她的臉上卻不帶一絲笑容。

因為——

（沒想到他竟然能撐到最後一刻。）

史黛菈全力以赴的必殺一擊，甚至劈開了大海。而黑鐵王馬承受了這一擊後，竟然依舊佇立在戰場上，不肯倒下。

光熱的斬傷從肩頭刻劃至側腹，他早就沒了意識，但是他依舊不肯屈膝，以富含鬥志的眼神注視著史黛菈。

他的雙瞳中殘存一絲強烈的意志，彷彿在述說：「我一定會前往那個地方！」

即使他的劍斷了，靈魂依舊不屈。

史黛菈眼前的敵人，彷彿隨時都會上前抓住自己。她面對這樣的他，怎麼可能笑得出來？

不久後，醫療人員搬著擔架奔上戰圈。

他們應該是要將王馬搬到醫務室。

因此在那個瞬間，史黛菈從王馬身上移開視線，離開了戰圈。

王馬的固執，讓他直到最後都不曾屈服於自己。

那麼自己也沒有那個資格，見到他無力倒地的畫面。

自己只需要將那道身影留存於記憶之中。

那個男人即使耗盡力氣，依舊持續挑戰那既幼稚……又無比純粹的夢想。她只需要記住這樣的他就夠了。

史黛菈是這麼認為的。

——於是，她擊敗了宿敵〈烈風劍帝〉。

〈紅蓮皇女〉史黛菈．法米利昂率先進軍決勝賽。

破軍學園壁報

角色介紹精選　文編・日下部加加美

SHIZUYA KIRIHARA

桐原静矢

■PROFILE

隸屬：破軍學園二年三班

伐刀者等級：C

伐刀絕技：獵人之森（Area・Invisible）

稱號：獵人

人物簡介：去年破軍學園七星劍武祭代表生

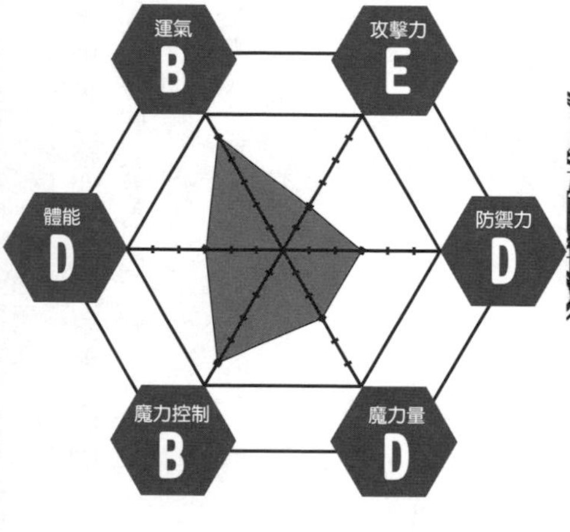

加加美鑑定！

〈獵人之森〉擁有完全隱身的效果。他的攻擊模式是藏身至〈獵人之森〉後，從遠距離外以看不見的箭矢射穿敵人。他擁有相當強勁的能力，假設對手沒有廣範圍的攻擊手段，這個能力甚至會使比賽陷入一面倒的局面呢。

這個學長雖然性格有些差勁，但他的實力貨真價實。在破軍學園代表選拔賽初戰將〈無冕劍王〉逼至絕境，從這點看來，他的確是破軍學園首屈一指的其中一名強者呢。

第十三章　陰雲密布的準決賽

史黛菈在如雨般的掌聲之中，離開了戰圈。

貴德原彼方從觀眾席上俯瞰著她，長長一嘆，呼出至今屏住的氣息，感慨地說道：

「真是一場驚人的戰鬥呢……」

身旁的東堂刀華也點頭回道：

「嗯，我當然知道史黛菈同學擁有超越常人的才能，但我沒想到她竟然能在這麼短的時間內大幅度提升實力，讓〈烈風劍帝〉無法匹敵。」

刀華心想，現在的自己已經沒辦法和她相提並論了。

在這短短的一星期又多一點……她的成長速度實在令人瞠目結舌。

「王馬不小心觸碰龍的逆鱗，才喚醒了巨龍呢。」

王馬如果沒有做出那些事，這場比賽的贏家就會是他了。

一輝聽見彼方的低語，從旁插話：

「他應該是故意的。」

「是嗎?」

一輝點頭。

「大哥對自己、對對手都不肯妥協。大哥走遍了世界,體會到顛峰的高聳,而對他來說,要是史黛菈不使出全力,就沒有任何意義,所以他才故意激怒史黛菈。大哥對眼前比賽註定的勝利與榮耀不屑一顧,自始至終只看著自己的目標——成為最強。」

「真的是……非常有王馬的風格呢。」

「是啊。不過說實在的,他為了自己的夢想不擇手段,又是襲擊學校,又是在路上偷襲我,打算把我踢出大賽,我身為他的弟弟,真的很想找他抱怨兩句。不過——我從以前開始,就相當尊敬他對自己的嚴厲。」

一輝現在閉上雙眼,就能回憶起那些畫面。

夕陽照射在道場內部,明明講師、分家的孩子們都已經離開道場,王馬仍然獨自在道場中揮劍。

他的背影,教會了一輝許多道理。

他的背影,也讓一輝偷學不少技巧。

某種意義上來說,黑鐵王馬就好比是黑鐵一輝的師父。

而現在——史黛菈輕而易舉地以壓倒性的力量,擊潰了王馬。

「……說實話，我根本沒想到史黛菈變得這麼強。以前她在模擬戰中的天真已經消失無蹤，攻擊力上的差距已經遠遠把我拋在後頭，我在速度上的優勢也幾乎一點不剩……我現在真的很頭痛，不知道該怎麼應付她呢。」

「你的表情和嘴裡說的話完全不一樣，看起來很開心呢。」

「……是啊。因為不只是史黛菈，我也變得比那個時候更強了。」

史黛菈的成長幅度確實驚人，不過自己也不是一路偷懶到現在。

一輝看著她與王馬的比賽，思考著自己該如何與史黛菈對決。

然後策劃了幾種戰術。

——他有勝算，絕對有勝算。

他要是像王馬那樣卯足全力，與史黛菈正面對決，當然不可能有勝算。

但是，這種狀況稀鬆平常。

一輝本來就不打算和史黛菈硬拚。

戰鬥不只是以力量取勝。

世界上並不只有那種不容置喙的完全勝利，才稱為「勝利」。

（對王馬大哥來說，這就叫做邪門歪道吧。）

但那不過是王馬個人的想法，以及他的生存方式。

一輝身為天資貧乏的人，自然有天資貧乏的生存方式……以及將之貫徹始終的動機。

即使兄長無法理解自己，他也會走在自己堅信的道路上，勇往直前。

「你要好好努力然後獲勝，我會幫你加油的！」

「東堂學姊願意幫我加油啊？」

「你可是贏過我的人，要好好負起責任喔。」

原來如此，確實是這麼回事。一輝明白東堂的解釋，不過——

「謝謝您，不過……那也是明天的事了。」

就在這個剎那——

『現在開始三十分鐘的休息時間，以便進行戰圈的清掃以及會場的維修作業。準決賽第二場比賽的選手，請在休息時間內前往準備室。』

會場內響起這樣一段廣播。

沒錯，在與史黛菈一戰之前，他還必須跨過一道高牆。

他必須擊敗那個男人。

「……我會先解決這場比賽。」

一輝說完，離開了欄杆，走上觀眾席的階梯。

他要前往準備室。

刀華望著一輝的背影——

「————」

她心底升起一股小小的疑問。

「感覺他渾身精力十足呢。畢竟是自己的妹妹受到那種對待，他會戰意十足也是理所當然的呢。」

「真的只有這個原因嗎？」

「刀華？」

「他身上的氣息，感覺不只是為了替珠雫同學報仇，應該是某種更重大的……」

化做文字來形容……刀華從一輝身上感受到某種「決心」。

而且是異常沉重的決心——

沒錯，就如同校內選拔戰的最後一天。

一輝拖著瀕死的軀體，出現在自己眼前。

他彷彿是賭上了自己的一切，才下了如此沉重的決心。

◆◇◆◇◆

一輝前往準備室的途中，繞道去了一個地方。

他沿著相關人員專用的通道，走向了醫務室。

珠雫和有栖院就在醫務室裡深深沉睡著，一輝打算去探望他們。

而他去的正是時候。

一輝走到醫務室前的走廊時，珠雫和有栖院也一起踏出醫務室的房門。

「珠雫……！」

「啊、哥、哥哥!?」

他們沒想到會剛好撞見一輝。

一輝立刻奔向兩人，而兩人也瞪大雙眼看著一輝。

「哎呀哎呀，真巧呢。你是打算在比賽前來探望我們嗎？」

「嗯，你們兩個都醒來了啊。」

「是啊，剛剛才醒過來。」

「你們身上的傷勢還頗重的，已經可以走動了嗎？」

「謝謝你，別擔心，因為治療得早，身體已經沒有大礙了。對吧，珠雫——呃、妳在做什麼？」

「珠、珠雫……？」

仔細一瞧，珠雫將自己的衣服拉起蓋過頭頂，只從衣領露出雙眼，眼神愧疚地偷看：

「……人家沒臉見哥哥……」

她從一輝身上撇開視線，低聲說道：

「我不只沒能阻止那個男人，還丟了這麼大的臉，什麼都做不到……我這麼弱，

太丟人了。」

珠雫不甘心地顫抖著語氣，並且為自己的無力道歉：「對不起。」

不過，一輝見到這樣的她──

「妳不需要道歉。」

他一說完，溫柔地抱緊珠雫，安撫著她。

「咦？哥、哥哥？」

「謝謝妳。妳不只是為了我，也為了所有參加大賽的騎士們的尊嚴而戰……珠雫是我最自豪的妹妹，我以妳為榮。」

「哥、哥……嗚……」

或許是悔恨再次湧上心頭，珠雫在一輝的懷中嗚咽出聲。

一輝疼惜地抹去珠雫溫暖的淚水，這麼說道：

「我會繼承珠雫的意志，不會再讓他繼續破壞這場大賽。」

「你有什麼對策嗎？天音的能力可是超乎想像的強勁呢。」

一輝聽見有栖院這麼一問，則是搖了搖頭。

「……不，我沒有對策。不過，我昨天終於明白天音的真面目了。」

一輝現在能夠明白。

從他第一次見到天音開始，就一直對他抱持著那股厭惡，那究竟代表什麼？

那雙蘊含負之混沌的雙眸，從記憶的井底中憤恨地望著自己。

那雙眼瞳，究竟是誰的？

正因為一輝明白了這些解答，他更能肯定地對兩人說道：

「放心吧，我絕不會輸給他。只有他──我絕對不會輸。」

◆◇◆◇◆

第一場比賽與第二場比賽之間，設置了三十分鐘的休息時間。

就在這短短的時間內，天空彷彿換了張面貌。

『突然變成陰天啦？看來會下雨呢。』

方才的天空還是令人眩目的湛藍，現在卻隱藏在低矮的烏雲之後，變成了陰天，彷彿馬上就要下起傾盆大雨。

而陰天中飛下眾多漆黑的烏鴉，牠們沒有特別嚎叫，只是靜靜地俯瞰空無一人的戰圈。

在場的所有人見到這副光景，不禁感受到某種凶兆。

究竟會發生什麼事？

人們感受著胸口中的不祥，等待著比賽開始。

『下一場比賽是〈無冕劍王（Another One）〉對上〈厄運（Bad Luck）〉啊……』

『你覺得誰會贏？』

『我當然希望一輝能獲勝……我不太喜歡那個叫做紫乃宮的傢伙。』

『他一定有作弊吧？聽說他的能力是「實現自己的任何願望」，是巨門的學生洩漏的，現在網路上可熱鬧了呢。而且他從頭到尾都是不戰而勝，一般來說怎麼可能一直不戰而勝？』

『不過又沒有證據……可以證明紫乃宮使用了那個能力。』

『一輝能平安抵達這裡嗎……』

於是，廣播蓋過了觀眾的議論聲，響徹會場每個角落。

『敬告在場的各位貴賓——

比賽時間已到，現在即將舉行七星劍武祭準決賽第二場比賽。』

在廣播之後，改由負責報導的飯田進行比賽播報。

『各位，三十分鐘沒見了呢！準決賽第二場比賽將繼續由我——飯田來為各位播報實況，由西京老師繼續擔任解說員。現在天空感覺溼氣很重，方才晴朗的天空好像在做夢呢。不過，請各位放心！灣岸巨蛋裝有可開關的玻璃屋頂，不管天氣多麼沉甸甸，只要選手努力奮戰，我們也要精力充沛，高聲為選手們加油，你們說好不好！』

觀眾附和著飯田的呼聲，開始高聲呼喊、擊掌。

熱氣彷彿能吹走巨蛋內沉重的氣氛。

——眾人的強顏歡笑也是能弄假成真的。

眾人拍手拍到手痛，不安與陰沉不知不覺散去，會場內的氣氛漸漸高漲。飯田看準時機——

『那麼，我們趕快讓比賽的主角登場吧！他們將會賭上剩下唯一一張的決勝賽寶座，互相奮戰！選手——請入場！』

他打出了信號。

選手回應了呼喚，黑髮少年率先走出了藍色閘門。

『現在從藍色閘門入場的選手，他的魔力只有F級，比一般標準值還不如，但是他卻以體術彌補魔力上的缺陷，一路爬上這個位置！本次大賽的熱門股，〈無冕劍王〉——黑鐵一輝選手！

他在第一輪對上了〈七星劍王〉諸星雄大選手，並且擊敗了他；

在第二輪則是出乎眾人意料，秒殺了前屆大賽亞軍——城之崎白夜選手！

緊接著，又在同日連戰了第三輪，並且在千鈞一髮之際擊敗了〈比翼〉的贗品，終於進軍全國四強，抵達了準決賽的舞台！

他只要贏得這場勝利，就能進軍決賽！

他究竟能不能以那精湛的劍術，奪得頂端決賽的車票呢!?』

『啊！他出來了！一輝平安登場了！看起來很有精神呢！』

『呼——真是太好了。我還想說要是連〈無冕劍王〉都不戰而敗，一定要向委員會抗議。』

『〈落第騎士〉（Worst One）！不要輸給那個作弊的傢伙！』

觀眾在飯田的煽動之下取回了熱情，以響亮的掌聲與歡呼迎接一輝入場。

就在其中——

「珠雫！艾莉絲！」

剛剛才結束比賽的史黛菈來到觀眾席上，與珠雫以及有栖院會合。

「哎呀，史黛菈，辛苦了。妳那場比賽可真驚人呢。」

「你有看到我比賽嗎？」

「人家和珠雫都是從中途才開始看就是了。」

「是嗎？謝謝你。」

史黛菈向有栖院道完謝後，看向珠雫的方向。

接著——

「珠雫也是……那個，妳還好嗎？」

史黛菈語氣溫和地慰問珠雫。

史黛菈最能體會珠雫所遭受到的屈辱。

所以她才會顧慮到珠雫的心情。
珠雫見狀——則是回以異常惡劣的笑容。
「很好，剛才哥哥溫柔擁抱了珠雫，所以我現在是電力滿滿的狀態呢。」
「什麼！你、你們趁著人家戰鬥的時候，都做了些什麼啊！」
「羨慕嗎？需不需要讓妳聞聞餘香啊？」
「不、不需要啦！」
珠雫遞出剛解下的領結。史黛菈則是揮開她的手，無奈地嘆了口氣。
「真是的……看妳還能耍嘴皮子，應該是沒事了。」
珠雫則是重新結好領結，一如往常地露出冷淡的神情：
「就是這麼回事。比起我……妳後面的人才真的是只剩半條命了呢。」
她這麼說完，望向和史黛菈一起來到兩人身旁的黑乃。
黑乃的表情染滿濃濃的疲憊。
「理事長為什麼會這麼憔悴呢？」
黑乃則是疲憊不堪地回答有栖院：
「哪有為什麼？還不都是那邊那位火力笨蛋，完全沒考慮到我們的辛苦，隨隨便便把會場毀得亂七八糟……」
「啊……原來那個維修作業是理事長在做啊。」
「畢竟是自己學校的學生搞出來的……」

「沒辦法嘛，我還不習慣掌控附身狀態（Trance）時的力道，說到底，都是會場太狹窄了。」

「妳可是一劍劈開一公里外的海域，這世界上哪裡有會場容納得了這種傢伙？下次記得稍微放點水。」

「我會努力集中砲火，但是我不會放水的，要是因為這樣輸了比賽，我會遺憾一輩子的。而且寧音老師也說過：『不可能有打者因為怕全壘打砸到觀眾，就不全力揮棒。保護會場與觀眾是我們魔法騎士的工作，妳這個學生就不用在意太多，儘管胡鬧。』」

「那傢伙光會灌輸些有的沒的……」

「人家也聽說了，理事長在學生時代非常頑皮呢。理事長鑿開的那個空間大洞，到現在還沒關上，已經變成生人勿近的禁止區域，還有其他種種傳聞喔。」

「唔呃……」

有栖院的話像是從旁刺了黑乃一刀，她悶哼一聲。

自己的確是在世界刻下了無法挽回的傷痕。史黛菈造成的慘況和自己相比，至少還能整頓復原，算是比較可愛的那一類了。黑乃被翻出以前的舊帳，這下也無話可說了。

最後黑乃只能舉白旗投降：「我明白、我明白了。」

「算了，那的確是我的工作，妳就盡情亂來，我會幫妳收拾殘局的。」

「理事長，謝謝妳♪」

史黛菈向黑乃道謝。而就在同時，嬌小的金髮少年從一輝反方向的閘門登場。

『緊接著，從紅色閘門入場的是，曉學園一年級，〈厄運〉——紫乃宮天音選手！他的第一輪比賽，對手為〈白衣騎士〉——藥師霧子選手，不過她因為自己的住院患者病情惡化棄權。

第二輪也是由於對手健康惡化送醫，不戰而勝。

緊接著第三輪，〈深海魔女〉黑鐵珠雫選手認為天音選手前兩場比賽的戰績過於詭異，便趁著比賽前襲擊在準備室待機的天音選手，最後因為惡劣的犯規行為喪失比賽資格。他目前為止一次都沒有戰鬥過，就一路贏到準決賽！

而且，消息稍微靈通一點的觀眾，想必知道我要說什麼了。這件事現在已經在網路上引發話題了，那就是——天音選手的不戰而勝紀錄，是從他隸屬於巨門學園當時一直延續到現在！

但是請各位別誤會，現在並沒有證據，可以證明天音選手濫用自身的因果干涉系能力，這一切都是偶然中的偶然。哎呀，有時候就是會發生這麼多巧合呢。不愧是擁有〈厄運〉之名的選手，這樣的運氣太符合他的稱號了。』

『啊～對啊～真是太巧了（棒讀）。』

「喂，西京老師……！」

飯田聽見西京的發言，慌張地關閉麥克風，告誡西京：

「現在我們也沒有證據證明他作弊，請不要用什麼（棒讀）啦！」
「咦？那妾身可以說實話嗎？」
「當然不可以！請您盡量安靜一點！」
『呃、呃——咳咳，天、天音選手一路不戰而勝，現在他終於第一次站上七星劍武祭的戰場上了！這是他在公開場合的第一場比賽，他究竟會展現什麼樣的力量呢？這場比賽實在令人非常感興趣呢！』
飯田清了清喉嚨，試圖混過方才那不自然的停頓，繼續播報實況。
觀眾沒有人在意那陣停頓，只是好奇地注視著這名初次在比賽現身的騎士。
『之前聽那麼多傳聞，這還是第一次見到他，看起來好像女的。』
『感覺滿可愛的啊……』
『會嗎？這傢伙嘻皮笑臉的，完全搞不清楚他在想什麼，感覺有點詭異。』

「天音真不受歡迎啊。」
「他到目前為止一次都沒有上過戰場，這也難免。那麼怪異的戰績，不可能吸引人氣的。」
「委員會方面也將紫乃宮列為需注意人物，加強監視……不過他的能力是『讓因果流向對自己有利的結果』，既然如此，委員會應該是不可能抓到對他不利的證據……實在讓人鬱悶。」

不罰有嫌疑者。

這個國家將這點做為大原則，而在這個前提之下，現階段他們沒有方法能舉發天音。

所有的因果將會流向對天音有利的方向。

珠雫親身體驗過這個力量的強大。她望著戰圈上的兄長，這麼心想。

他究竟會如何應對？

一輝看起來相當有自信……他究竟會如何攻略天音的〈女神過剩之恩寵〉？

但是——……珠雫馬上就體會到，「去思考如何攻略」這個想法有多麼愚蠢。

因為——

『現在，兩位選手都在起始線上就位了。七星劍武祭準決賽第二場比賽，現在即將開——』

「啊——請等一下——！」

戰圈上的天音突然提高音量——

「我打算——放棄這場比賽。」

對裁判這麼說道。

◆◇◆◇◆

『『嗄、嗄啊啊啊啊啊!?!?!?』』

天音突然做出這番出乎意料的宣言，使得會場頓時譁然。

珠雫等人也是相同反應。

「那、那傢伙到底在說什麼……!?」

「……他到底、在想什麼…………」

史黛菈、珠雫以及在場的所有人，沒有人能理解天音的想法。

特別是珠雫和有栖院，他們知道天音對一輝抱有多麼強烈的憎恨、厭惡。

他們還以為天音會趁著這場比賽，對一輝做出某種威脅。這究竟是怎麼回事？

『天、天音選手！呃、你剛才是宣布棄權嗎？你的意思是，你打算放棄這場準決賽嗎!?』

播報員也因為突如其來的狀況感到疑惑，再次確認自己有沒有聽錯。

天音聞言，則是毫不猶豫地點頭。

「是的，就是這個意思。」

『你是為什麼……!?』

「原因還需要我說嗎？」

下一秒，天音露出淡淡苦笑，開口指責道：

「因為大家都和珠雫一樣，覺得我作弊啊。」

『這、這是……』

天音的這番話，讓會場中的所有人都默不作聲。

就如他所言，每個人都非常不信任天音。

天音將這陣沉默當作肯定——

「我的能力能夠操縱因果，會被懷疑也是沒辦法的。當然，我根本沒這麼做，但我也沒辦法叫大家不要懷疑我。而就算我這種人贏了比賽，也沒人能接受比賽結果吧？所以我打算放棄這場大賽，也就是說，我是看出大家的臉色才決定這麼做的。」

他描述著自己放棄準決賽的原因。

而從那之後，一輝便站在起始線上，靜靜地望著天音。天音則是露出有些愧疚的表情向他道歉：

「……就是這麼回事。抱歉啦，一輝。一輝的個性這麼認真，你一定不希望用這種方式進軍決賽，不過希望你能原諒我。說真的……大家的視線太刺人，我實在撐不下去了。啊、不過，我就算棄權了，也會支持你到最後喔！我可是最迷一輝的粉絲呢！

我會盡全力為一輝加油，希望一輝能夠獲勝！明天的決賽也是喔！」

就在這一刻——

「「啊、～～～～～～～～～～～～～～～～——!!」」

珠雫等人理解天音真正的打算，震驚當場。

——糟了。

『咦……他的意思是……』

『那傢伙的能力根本是作弊，要是他為〈落第騎士〉加油的話，〈落第騎士〉不就贏定了？』

沒錯，天音真正的打算，就是要引導觀眾的想法。

天音並不打算在準決賽對一輝造成什麼威脅。

他真正想插手介入的……就是明天的決賽，一輝與史黛菈的約定之戰。

他的行為……是不被容許的不純之物。

他打算玷汙一輝最珍貴的約定，玩弄他貫注於其中的信念，踐踏這一切。

比起單純的敗北，這個行為更能深深傷害一輝的心靈。

「那、那個混蛋……！他到底想胡鬧到什麼地步……！」

天音滿是惡意的行為，讓史黛菈咬緊牙根，雙手緊緊握拳，握到快出血似的。

毛髮浮現異常旺盛的燐光，代表她的理智隨時都可能火山爆發。

另一方面，戰圈上的天音似乎沒有發覺史黛菈的狀況——

「不、不是啦！大家誤會了！我的意思是，我會在不使用能力的範圍內替他加油啦！」

他揮舞雙手，這麼反駁觀眾。

但是……他的神情沒有半點愧疚。

他的臉上，只有喜悅。

那也是當然的。

因為現階段……天音的企圖已經達成一半了。

棄權是選手個人的權力。

誰也無法阻止選手。

一輝的刀刃無法再次觸及天音，他不可能阻止天音的企圖。

因此，天音以染滿漆黑愉悅的笑容面向一輝──

「一輝，放心吧！我知道對一輝來說，你和史黛菈的這場戰鬥有多麼重要，我絕對不會插手的！當然，我也沒有插手幫過一輝喔！你至今的所有比賽，我都沒有介入！」

他彷彿在炫耀自己的計畫成功，自豪地說道。

一輝聞言──

「……我想也是。」

他至今不曾對天音開口說過一個字，現在終於緩緩開口：

「你根本不可能祈求我的勝利。**就算是在開玩笑，你也不可能幫我**。你對我懷抱的憎恨，可沒有這麼可愛。你要是會為我祈禱，也只會祈求我的苦惱與挫折，就只有這樣。我沒說錯吧？」

他的語氣平淡。

天音突如其來的棄權，完全無法動搖他。

他的雙眼，彷彿看穿了一切。

天音見到一輝異常的冷靜，反而心生動搖。

天音似乎想隱藏自己的動搖，刻意掛上平常那張輕浮的笑容：

「討、討厭啦，我才不會這麼做呢！我真的最喜歡一輝努力的——」

「你何不停止這場無聊透頂的表演，天音……不，**天宮紫音**。」

「————」

下一秒，紫乃宮天音彷彿臉上的面具不翼而飛，輕浮笑容頓時消失無蹤。

◆◇◆◇◆

你聽說了嗎？紫音那傢伙又拿學年第一名了。

真好啊，那傢伙只靠著運氣，什麼都順順利利的。

就是說啊。話說之前學校不是發生火災，天宮當時雖然救了我們，不過那場火災該不會是他自己搞出來的啊？就是自導自演。

有可能喔。連市長都來表揚他，一口氣變成英雄了嘛。

我們在他旁邊看，真是受夠了，噁心死了。
運氣好，做什麼都能拿第一嘛。人生勝利組，真羨慕他啊。
不過，又不能欺負他，不知道會受到什麼報復。
好可怕，要像之前一樣，表面上和他保持良好關係才行啊……
要是又發生火災，我可受不了。

——……………

誰都不願意相信自己。
不論自己如何努力，達成了什麼……也不會有好評價。
一切都會如同砂礫一般，從指縫間漸漸落下。

——唉呦，我也好想要那種能力啊。

要是……沒有這種能力就好了…………

——————「唔——……！」

令人懷念的名字勾起陳舊的回憶。嚴重的頭痛讓天音皺起了臉。

想永遠埋葬的過去。

當時的記憶，堅信努力總能獲得回報，拚命掙扎的每一天。

……不，記憶什麼的，跟現在完全沒關係。

比起自己的回憶──

「……一輝為什麼會知道這個名字？」

當他加入〈解放軍〉時，他早已從這個世界上抹除自己的過去。

為何毫無關聯的一輝會知道？

天音向一輝投去了疑問。

一輝聞言，則是──

「是月影總理告訴我的。」

他毫不隱瞞，說出了昨夜來訪的男人之名。

「月影總理是這麼說的，紫乃宮天音因為個人理由，打算放棄準決賽。而你這麼做，會讓曉學園困擾，所以……他希望我利用你的祕密挑釁你，將你拖進戰場中。接著他便告訴我……你──天宮紫音這名少年過著什麼樣的人生。」

用一句話來統整的話，天音的前半生，始終受到那份過於強大的異能擺布。

只要祈禱，就能實現任何願望。

這個能力為天音帶來了一切，也奪走了他的一切。

不論他再怎麼努力學習，拿到高分，誰也不認為那是他自己獲得的成果。

不論他再怎麼努力參與社團，留下了多好的成績，也沒有人承認他的努力。

即使他鼓起勇氣，幫助同班同學逃離災害，同學們卻把他當作災害的元凶。

他再怎麼努力伸手，想抓住些什麼，他的身邊依舊空無一物。

有的只有結果。

只有那無名的榮耀（Nameless Glory）。

沒有任何人看著他。

沒有任何人相信他的可能性。

每個人都只看著他身後的女神，不願意直視他這個人。

他就有如幽靈，誰也不曾正眼看過他。

這就是紫乃宮天音……不、天宮紫音這名少年的前半生。

然而——

「我聽著這些往事，終於明白許多疑點。打從我第一次遇見你的那個瞬間，我就一直感受到某種不知名的厭惡感，而我現在終於察覺那股厭惡的真面目。」

他見到天音那雙滿是負面混沌，汙濁不堪的雙瞳，回想起了那些記憶。

在那名為「記憶」的井底之中。

有道漆黑的人影，從黑暗中仰望著自己。

一輝見到了那道人影，以為自己曾經見過天音，但事實並非如此。

一輝現在終於清楚理解，那道人影的真面目。

——遭到他人否定自己所有的可能性，不為他人所求，不為他人所顧，被他人當作「不存在之人」。那道人影——正是遇見龍馬之前的**黑鐵一輝**。

沒錯，一輝無意中從天音這個人身上，見到了過往的自己。

……當時的自己沒有勇氣相信自己的價值，只能不斷地鑽牛角尖，非常的懦弱。

「原來如此，難怪我無法與你共處，難怪我會如此厭惡你……因為，你正是我至今一路否定過來的，那名為『氣餒』的化身。」

「————」

「而就在同時，天音，你似乎也對我抱持同樣的想法。」

月影總理是這麼說的：天音嫉妒一輝。

一輝和自己一樣，都不為他人所求，但是他卻不選擇放棄，堅信自己的可能性，現在才成為了數一數二的強者，獲得〈無冕劍王〉的美稱。

——天音當然會嫉妒一輝。

因為一輝得到的那一切，正是過往的自己所追求的事物……當時的天音還想相信自己的可能性，拚了命伸手抓取，最後卻無法得到想要的一切。

天音嫉妒這樣的一輝……所以他想毀掉一輝的一切。

就像曾經的自己，利用〈女神過剩之恩寵〉這股超越一切的絕對力量，毀掉一輝。

這就是紫乃宮天音的理由。

這就是紫乃宮天音的動機，所以他才**介入**月影的計畫。

這是多麼的——

「我越聽，越是覺得無聊透頂。」

一輝毫不修飾，坦率地說道。

「說得簡單點，你只是將自己無處可發的憤恨，發洩在我身上罷了。你憐憫自己得不到回報，嫉妒能得到相應回報的他人。根本是個忿忿不平的小鬼，只會四處耍賴。月影總理拜託我把你拖進戰場……我原本想為了我和史黛菈的比賽，助他一臂之力，但是聽完你的故事，我就打消這個念頭了。

你想棄權隨便你。

你想介入我和史黛菈的約定，你就盡情地介入。

反正我原本就與幸運無緣，頂多是身後的衰神又多一尊罷了。」

而且——

「更別說，我和史黛菈之間的戰鬥……可不會簡單到能讓一個賴皮小鬼插手左右勝負。」

一輝的語氣並非虛張聲勢，只有純粹的肯定。

一輝得知紫乃宮天音這個男人的本質後，他完全不把他當作敵人，或是阻礙。

他就只是戰圈上的小石子。在一輝眼中，天音就只有這點程度。

天音察覺了一輝的想法，則是──

「────────呵呵、啊哈哈啊哈。」

天音像是打嗝一般地乾笑幾聲，接著彷彿壞掉的玩具一般，抖動身體，開始大笑。

「這樣啊……我根本沒跟其他人提過自己的過去。說起來，他**這個伐刀者，的確能辦得到這種事**呢……我沒想到他會背叛我，不過是我先打算背叛他的，現在也沒辦法抱怨啦。

算了，不管怎麼樣，既然該曝光的都曝光了，我就不用繼續做戲了。

沒錯，你說對了。就如同一輝所說的，我最討厭努力的人，最討厭能獲得回報的人。因為他們都很奸詐啊，明明我都拿不到任何回報，明明你也和我一樣，只是個毫無價值的廢物。

所以我打算在決賽的時候，讓你的願望徹底白費，讓你想獲得的那一切全都落空。可是現在計畫全都曝光了，我也不用等到決賽……好！」

天音自己揭曉了一切，表情沒有半點愧疚，接著在雙手上各顯現一把自己的靈裝──〈蔚藍〉。

接著他將刀尖奮力刺進地面——

「那我還是不棄權了。我對七星劍武祭沒什麼興趣，不過，我倒要看看一輝打算如何面對我的〈女神過剩之恩寵〉。你都說了這麼多大話，就讓我見識一下，你面對這個毀了我人生的女神，究竟能掙扎多久！」

天音這麼說完，單方面撤回自己的棄權宣言。

裁判聽見如此任性的發言，難免會不滿：「你剛剛明明說要棄權——」

不過一輝卻顯現出〈陰鐵〉，並且對裁判說道：

「沒關係，開始比賽吧。」

「黑鐵選手……你沒關係嗎？」

一輝點頭。

「他想逃，我不會追。但是他要是想衝著我來，我就接下他的挑戰。我的妹妹……可是受了他不少照顧。」

「啊哈，真不愧是一輝。才能比他人低劣，卻又比他人光明正大。我雖然嘴巴上說喜歡，但事實上，我最討厭你這點了，討厭到想殺了你。」

「……！」

天音毫不掩飾的惡意，令裁判渾身戰慄。

降落在巨蛋上的烏鴉開始大聲吵鬧。

天空漸漸昏暗，遠處傳來雷響。

……他感受到非常不好的預感。

究竟該不該讓這兩個人一戰？

他彷彿感受到某種、沒錯，某種預感……可能會發生無法挽回的慘劇。

但是裁判既然確認了雙方的戰意，他就不能毫無理由阻止比賽進行——

「比賽開始（LET's GO AHEAD）！」

於是，準決賽第二場比賽的戰火正式點燃。

◆◇◆◇◆

開始宣言響起的瞬間，天音立刻衝了出去。

他雙手握緊〈蔚藍〉，逼近一輝。

「啊哈哈——！一輝，我要上囉！來玩你最喜歡的互砍遊戲吧！」

『喂喂，他竟然打算挑起近距離戰嗎!?他的對手是〈無冕劍王〉耶？』

『他該不會很擅長刀劍戰吧？』

天音出乎意料展開了積極的攻勢，讓觀眾不禁議論紛紛。

天音在這陣騷動中，來到了刀劍觸及的距離——

「喔呀——！」

「……！」

一劍揮下。

——不論旁人怎麼看，他揮劍的姿勢實在過於拙劣，看起來只是隨便亂揮而已。

『那、那是什麼啊!?』

『那不穩到極點的姿勢是什麼鬼啊！他根本不行嘛！』

『這、這實在太糟糕了！沒想到竟然會在七星劍武祭等級的大賽中，看到這種兒戲般的刀劍對戰！這、這的確只是小孩在互砍而已啊！』

這種揮砍當然不可能傷到一輝，全數遭到擊落。

觀眾與播報員的期待徹底落空，不免感到脫力。

不過——

『其中確實感受不到什麼技巧或力道……不過黑鐵小弟的表情倒是挺認真的。』

以西京為首的騎士們察覺到眼前的異狀。

「那傢伙究竟是……」

「史黛菈同學，怎麼了嗎？」

怎麼露出這麼險峻的表情？珠雫這麼問向史黛菈。

在珠雫的眼中，一輝能充分應付天音的攻擊，占盡了優勢。

但是，史黛菈是習劍之人，她對眼前的狀況有不同見解。

「……從旁觀者的角度來看，就能看得很清楚。天音的動作確實很拙劣，但是出劍、收劍的方式，每一劍都是無可挑剔的完美。每一劍的軌跡、路線都相當精準，而且都是往一輝最難應付的角度攻去……這下一輝沒辦法輕易反擊了。」

「是、是這樣嗎!?」

「實際上，一輝不就沒有反擊了？」

「——說起來的確是……」

珠雫終於察覺到異狀。

沒錯，一輝並沒有充分應付天音的攻擊。

一輝表面上輕鬆自如，但實際上卻是被壓制到無法反擊。

「……那傢伙的劍術有這麼高明嗎!?」

天音在刀劍的距離內壓制住一輝。

史黛菈見到這意料之外的展開，不免心生動搖。

身旁的黑乃則是解釋了真相：

「這應該也是〈女神過剩之恩寵〉的效力。」

「什麼意思？」

「紫乃宮本身只是隨便亂揮一通，但是他的**所有動作恰巧**都是最能發揮潛能的動作，**也恰巧**擊中黑鐵最難應付的角度。」

這件事只要有可能發生，不管可能性多低，都能連接其因與果。

天音只要希望自己能用高超的劍術壓制一輝，因果就會在不知不覺間實現他的願望。

這就是天音的伐刀絕技──〈女神過剩之恩寵〉的力量。

於是，隨著雙方交鋒的次數越來越多，觀眾終於察覺戰圈上的狀況多麼異常。

天音怎麼看都是渾身破綻，但是他竟然有辦法和〈無冕劍王〉纏鬥多時。

不，不只如此──他甚至壓制住一輝。

『……一記歪打正著的攻擊，正好左右了整場比賽，A級聯盟也出現過這種案例。而小天似乎是能無止盡地施展這種巧合……這種一擊就能顛覆整場比賽的攻擊，而且還是連續幾百次。』

『這可說是名副其實的「厄運」啊……！』

『是啊，這個能力比我們預料的還要惡質啊。』

於是，這個異狀終於清楚展現在所有人眼前。

一輝在這場七星劍武祭中，展現出他對交叉距離的絕對控制力。但是這樣的他，竟然被天音的猛攻逼出了刀劍距離之外。

『黑鐵選手終於遭到壓制！他接下紫乃宮選手的一劍，向後撤退！』

『騙、騙人的吧!?』

『我只看到他在隨便亂揮而已，怎麼會……！』

一輝以刀承受天音的強力一擊後，無可奈何地選擇後退。

現在他的架勢已破。

對天音來說，是終結對手的好機會，而且這個機會來得異常之早。

不過——

「呼——累死我了。」

就在這個時間點，天音竟然做出了旁人難以置信的舉動。

他不但沒有展開追擊，更將雙手的〈蔚藍〉刺進地面，放開了劍。

『紫、紫乃宮選手放開了靈裝!?這究竟代表什麼意思呢!?』

會場內的人們開始躁動，無法理解他的行為。

天音卻把這陣躁動當作耳邊風，露出微笑：

「不愧是〈無冕劍王〉，很擅長互砍遊戲呢！再繼續下去，實在是沒完沒了。所以——」

他在空著的雙手上喚出無數把〈蔚藍〉——

「我就稍微改變一下節奏吧！」

接著朝著正上方扔去。

無數把〈蔚藍〉飛向陰雲密布的天空中，再次增加了數量，接著速度減緩，劍尖朝下展開自由落體。

接著這些劍彷彿無數的墓碑，刺滿了戰圈的每個一角落。

但是其中沒有任何一把劍是落在一輝身上。

他做這種舉動，究竟有何打算？

每個人都是滿頭問號，而就在這個瞬間——

「去吧！」

天音將新的兩把〈蔚藍〉，扔向刺在地板上的〈蔚藍〉。

緊接著，投擲出的靈裝撞上刺在地面的靈裝，藉著彎曲的劍刃當作彈簧，彈跳飛出。

『這、這是！天音選手投擲出的劍，彷彿化身為乒乓球，在戰圈上飛來飛去！怎麼可能會有這種現象！這究竟是!?』

『……劍正好撞上刺在地上的劍，**接著很幸運地四處彈跳，毫不間斷**。而且……他並不是讓劍隨便亂彈一通的。』

「────！」

負責解說的西京淡淡低語，而就在同時──

四處彈跳的劍刃，一左一右地襲向一輝。

白銀劍尖左右同時逼近。

不過對一輝來說，他輕輕鬆鬆就能揮開這兩劍。

他一刀揮開了雙劍，不過──

「啊哈哈，一輝，你太天真了！」

天音見一輝以陰鐵揮開飛來的劍刃，立刻大肆嘲笑一輝。

而他大笑的原因馬上便揭曉了。

遭到〈陰鐵〉彈開的兩把〈蔚藍〉馬上又撞上最近的〈蔚藍〉——再次反彈射向一輝眉間。

「唔！」

一輝以優秀的反射神經與體能勉強閃過這一擊，而他躲過的那把〈蔚藍〉又再次**幸運地**撞上別把〈蔚藍〉——

『這、這究竟、究竟是怎麼回事啊！劍刃化為子彈，碰上了那如同墓碑一般刺在地板上的劍，又再次彈跳回去！一彈再彈，沒完沒了啊！』

「啊哈哈！很厲害吧！沒錯，這些劍就如同我養的獵犬，只要我還想以劍刺穿你，不管你如何擊退這些劍，他們都會再次瞄準你的性命反彈回去，你減少不了劍的數量，不過……我卻能輕易增加劍的數量喔。」

天音這麼說完，雙手再次喚出無數把〈蔚藍〉，投擲出去。

那些劍在空中奔馳，同時增加數量，接著撞上刺在戰圈上的〈蔚藍〉，反彈出去。

接著全數化身為獵犬，發出堅硬的聲響四處飛竄。

劍的數量多達三十把以上——！

一輝即使擁有高超的劍術，也完全無法負荷這個數量——

「我現在預言，一輝將無法傷到我分毫，就這樣輸掉比賽！」

所有獵犬以天音的話語為信號，從三百六十度全方位的方向同時撲向一輝！

一輝躲不過這擊殺。

他就算擊飛細劍也沒有用。

反正那些劍依舊會反彈回去，結果還是一樣。

「啊哈。」天音認為這樣就能了結一輝，正浮現勝利的笑容──

「咦？」

下一秒，他目瞪口呆地僵在原地。

因為一輝即將遭到無數劍刃刺穿的剎那，扯下自己的上衣，接著抓著上衣原地迴旋一圈。

他宛如舞孃揮舞薄紗一般，以上衣的布料纏住所有迎面飛來的〈蔚藍〉。

既然彈開了劍，又會使劍化為跳彈，那就接住即可。

一輝的表情彷彿這麼述說著，面不改色，沉穩冷靜。

接著，他在下一秒逼近天音。

「──────!?」

天音堅信〈蔚藍〉能將一輝串成肉串，因此應付反擊的時候慢了一拍。

──一輝微微劃傷了天音的臉頰。

「天音，看來你沒什麼占卜的才能啊。」

「～～～～～～！？！？！？」

這只是一絲擦傷，連血都不流一滴。

但是〈陰鐵〉的刀刃確實觸碰到天音了。

天音面對這個狀況，震驚到無法開口反駁一輝的挑釁。

（怎、怎麼可能……！雖然只是擦傷，但是他竟然能攻擊到我……！）

究竟怎麼一回事？

天音完全不懂，但是一輝不會讓他有空閒繼續煩惱。

天音心生不安，打算逃跑。但是一輝立刻追了上去，隨手拔起一旁的〈蔚藍〉，施展二刀流。

他展開怒濤般的連斬，以無數的攻擊毀掉天音的防禦，接著雙刀左右夾擊，瞄準天音的頸動脈而去。

刀刃雖然落空——

（又來了……！）

仍然微微撕裂了頸部的皮膚，而且這次的傷口甚至流出一條血線。

刀刃確實比剛才還要深入。

〈女神過剩之恩寵〉已經發動了。

所有意圖傷害自己的行為，應該都不可能成功。

——究竟是為什麼？

天音腦中的混亂，終於從他的臉上奪走那抹輕笑與血色。

他不知道原因，但是對手的刀刃確實一點一滴地逼近自己的性命。

「可、惡——！」

天音一邊怒罵，一邊專注於防守。

他向女神祈禱，但他不是希望打倒對手，也不是希望傷害對手，而是希望自己不受傷害。

但是，一輝的猛攻別說是停止，反而越發激烈——

『攻守逆轉！黑鐵選手以靈巧的計策贏下遠距離的攻防戰，抓回了節奏！進攻再進攻！紫乃宮選手自傲的〈厄運〉完全起不了作用，只能單方面迫於守勢——！』

刀身相互碰撞，火星四散，同時不斷前進。

一步、又一步，確實地向前邁進。

步伐踏實，斬擊強勁，就如同平時的一輝。

這個狀況不只是讓天音感到驚訝，就連珠雫也不免讚嘆出聲。畢竟她親身體驗過天音的力量。

「為、為什麼？〈女神過剩之恩寵〉介入因果時，甚至能強制誘發我方的失誤……！打算接近天音，就會腳滑摔跤；想以魔法進攻，術式便會出錯。這股力量就是如同作弊一般，但是為什麼……」

一輝追趕天音的動作精準無比。
他不會像自己那樣，難看地摔倒在地。
究竟是為什麼？
「哥哥究竟是如何躲過那股力量的影響……!?」
黑乃聽見珠雫的疑問，則是出口反駁：「黑鐵的妹妹，妳說錯了。」
「說錯？」
「黑鐵並沒有迴避失誤，天音仍然順利地介入因果──法米利昂，妳應該看得出來吧？」
她這麼說完，看向史黛菈。
感動、羨慕讓史黛菈顫抖著雙瞳，她點了點頭。
「是啊……一輝真的很厲害……!」
「究竟是怎麼一回事？」
「也就是說，黑鐵是正面承受〈女神過剩之恩寵〉。仔細一看就能發現，黑鐵的架勢好幾次差點不穩，剛剛的斬擊裡面有四次，在上一斬則是三次。而他若是腳下一滑，就將之轉換為斬擊的圓周運動；若是肌肉差點斷裂，就將該肌肉應負荷的重量轉向別的肌肉，分散負擔。他在不到零點一秒的瞬間，就從一切失誤之中重振腳步。」
「他根本不知道失誤會用什麼方式、在什麼時候發生啊!?真的能辦得到這種事嗎!?」

「一般來說是不可能的。〈女神過剩之恩寵〉引發失誤的速度，遠比人類的反應極限還快。即使腦袋知道如何對應，也完全來不及。不過……只有一個例外。曾經有一位聲名顯赫的劍客，他在行走於劍之道的盡頭時——昇華至名為〈一心刀〉的境界。」

那是心、身、劍化為一體，劍心如一的極致。

唯有經歷無窮的鍛鍊，跨越無數死地，才能抵達這究極的境界。

「聽說踏入這個境界的劍士，他的劍會快過他的意念，率先斬殺敵人。他的肌肉、骨髓、細胞反覆描繪劍招與劍式，經歷數萬遍、數十萬遍，深深刻印在軀體上。當他碰上各式各樣千變萬化的狀況，即使不經頭腦思考，身體也會下意識反應各種變化，導向最佳的動作。黑鐵的狀況就是這個樣子。不論架勢再怎麼不穩，再發生多少意外狀況，那個男人的肉體都知道如何再次重振旗鼓。」

「弘法(註2)智者，亦有筆誤。」就如同這句諺語，人類的行為精準度相當地脆弱。

不論是技術多麼純熟的專家，偶爾還是會失敗。

註2 弘法大師：即為空海大師，為日本平安時代初期的遣唐僧侶，日本真言宗開山始祖，諡號弘法。

這是無法防範的。

但是，這句諺語還有後續。

弘法大師在寫好的文字掛上門楣之後，這才察覺自己少寫了一點。而他面對自己的失誤，沒有露出絲毫動搖，直接將筆丟向掛好的門楣，補上了那一點，終於完成那幅精美的門楣。

沒錯，專家也是會失誤。

但是**專家並不會苦於失誤**。

因為他習得的這些技術，讓他即使碰上任何狀況，還是能做出最佳的選擇。

因此一輝毫不動搖。

他即使遭遇任何異常狀況，他的刀刃將會直指天音的性命而去。

這並非技術，也非劍術。

而是凌駕一切，純粹無比的真實。

『我將斬殺你。』——只有這淬鍊至極致的**必然**。

「……………！」

「他的力量了不起就是操縱『偶然』，不可能永遠逃得過這份必然。」

於是，黑乃的話語即將在戰圈上化為現實。

「唔啊啊啊啊！」

遠遠就能瞧見戰圈上那清晰綻放的血之花。

天音一邊哀號，一邊按著遭到斬傷的手臂。

但是鮮血並未停止，逐漸染紅他潔白的衣裳。

越來越深。

第二刀超越第一刀，第三刀又超越了第二刀——

一輝確實一步步逼近天音。

他的心中不再浮現疑問。

到了這個地步，就連不諳武藝的天音都能理解。

一輝每每遭遇失誤，便一次又一次做出最佳選擇，完美撐過了〈女神過剩之恩寵〉。

「竟然能辦到這種事……！」

一輝舉起沾滿鮮血的〈陰鐵〉，以刀尖指向震驚的天音，這麼宣示道：

「你明白了吧。下一次，就在下一擊——我的必然將會攫取你的性命。」

「～～～～～！」

天音聽見一輝的必殺宣言，表情簡直難看到了極點。

就如一輝所言，他很清楚。

下一刀，**正是他無法逃避的必然**。

——一輝壓低身軀。

最後的一步。

他將會藉著這一步，超越天音的偶然。

而天音面對眼前的必然——

「……唉，算了。」

他氣餒地說完，接著拋下手上的〈蔚藍〉。

同時他消除戰圈上所有的〈蔚藍〉。

接著，他以滿是煩躁的語氣，吐出空有表面的讚美。

「啊——好厲害好厲害，一輝真是了不起，我還真沒想到你會掙扎到現在。說實話，這個狀況完全出乎我的預料。太可惜了，我還打算讓你像珠雫一樣忙得團團轉，直到你得知這是白費功夫，沮喪地大喊：『對不起～我投降了～』看來是沒辦法聽見你的哀號啦。既然如此——**就早點結束好了**。」

「……！」

早點結束。

一輝從這句話中，感受到言語無法表達的不祥，頓時繃緊了臉。

他不知道這股不祥實際上會是什麼形式──

但是他最好不要再讓這個男孩吐出任何一句話。

他的本能這樣大喊著。

一輝遵從自己的本能，使勁蹬地，瞬間逼近天音。

但是──已經來不及了。

在〈陰鐵〉的刀刃觸及天音之前──

「去死吧。」

天音掛著淡淡微笑的雙脣，編織出毫不掩飾的殺意。

◆◇◆◇◆

去死。

戰場上經常脫口而出的，野蠻的詞彙。

但是不論詞彙本身多麼粗暴又野蠻，那就只是個單純的詞彙。

僅止於挑釁對手、表明自身憤怒，不可能真的危及對方的性命。

不過，天音深受操縱世界因果的女神寵愛——他說出口的詞彙，不僅僅是個詞彙。

他脫口而出的瞬間，女神將會親手扭曲星球中流轉的因果，偶然將會推動齒輪，使因果走向他所希望的結果——

「啊、呃——啊……」

命運的凶爪撲向一輝的性命。

一輝即將襲向天音之時，身體彷彿要前傾似的，突然停滯。

接著一邊乾嘔一邊跪倒在地。

『究、究竟發生了什麼事!?只差一步，黑鐵選手就能逼退紫乃宮選手，此時他卻突然倒地！』

『咦、怎麼了？摔倒了嗎？』

『怎麼可能？』

觀眾原本興奮不已，期待一輝就這樣終結這場比賽，一時之間為現狀感到困惑。

天音的聲音太小，他們還不知道現在到底發生什麼事。

但是另一方面——

「怎、怎麼會……！」

「刀華？」

刀華身為高階雷術士，能識破人體細微的電子信號。她率先察覺狀況，臉色大變。

她從未露出如此絕望的表情。

但是，考量到剛才發生在一輝身上的事，她會有此反應也是理所當然的。

她看到了——一輝的心臟停止的剎那。

場內的所有人見到這莫名其妙的進展，為此動搖不安。此時，天音的大笑響遍了整座會場：

「啊哈！他一臉正經地說『就在下一擊——我的必然將會攫取你的性命。』啊哈哈！他該不會真的以為他能超越我的〈女神過剩之恩寵〉吧？怎～麼～可～能～啦，只要是存在於這個世界上的任何因果，我的〈女神過剩之恩寵〉就能觸發任何事！而人類的心臟運作時的不確定因素那麼多，只要我想，我當然可以隨便停掉幾個人的心臟啊！」

『什、什麼——!?!?』

『停、停掉、心臟，他在胡說什麼!?』

觀眾聽見天音的話，紛紛發出難以置信的吶喊。

既然無法阻止他的劍術，就連同他的生命一起阻斷他的行動。

既然劍術上的失誤起不了作用，就乾脆引發生命活動本身的失誤。

他竟然做得到這種事。

既然他如此萬能，那根本無計可施了。

周遭的躁動因為恐懼而顫抖，天音的臉上浮現著喜悅。

「沒錯，就是這麼回事。他根本拿我沒辦法，我的〈女神過剩之恩寵〉能直接介入因果，擁有絕對的強制力，就等於命運本身，再怎麼努力都無法對付這個能力……我自己最清楚了，就因為這個能力如此強大，它才能徹底毀掉我的人生。

自己一路努力過來，一定可以超越命運。你或許是這麼想的，但是你未免太自大了吧。如何？一輝，你如果願意承認你贏不過我的〈女神過剩之恩寵〉，你現在還來得及舉白旗喔？」

天音以愚弄般的語氣問向一輝，而一輝只是回瞪天音，不發一語。

天音面對一輝最低限度的反抗，嗤笑著他：

「對喔，你的心臟停了，怎麼有辦法講話？算了，你那叛逆的眼神就清楚表達你的答案了。那就……沒辦法啦。」

天音靠近一輝，舉起白刃——

「你在地獄好好怨恨自己的自大吧。」

接著揮向一輝的頸部。

「一輝——!!」

「哥哥————!!」

「啊哈哈——！」

於是，刀刃在史黛菈與珠雫的吶喊中，無情地落下。

刀刃緩緩劃過皮膚，撕裂肌肉，斬斷骨骼。

大量鮮血噴發而出。

不祥的彼岸花綻滿純白的戰圈，而這些鮮血──

「呃、噗……………!?」

全都來自於天音的身體。他的左側腹到右肩斬裂了一道傷口。

◆◇◆◇◆

『『『…………………咦？』』』

天音施展了停止心臟的絕技後，再次進攻，眼看就要給一輝最後一擊。

每個人都認為一輝死定了，但就在下一秒，渾身噴出鮮血的人不是一輝，而是天音。

難以預料的結果使得觀眾目瞪口呆，不過──

直到他們見到天音滑落地面，他們這才終於理解。

一輝在危急時還擊，一刀拿下這場交鋒。

『『『喔、喔喔喔喔喔喔喔喔喔喔喔喔──!!』』』

『反、反擊一斬──！黑鐵選手在千鈞一髮之際，斬殺了對手！紫乃宮選手雙膝著地！鮮血落在戰圈中，匯集成泊！出血量相當大！他傷得很深！傷口太深了！』

「～～～～～～～——!?」

天音四肢著地，無力跪倒在地。

他的神情因為痛楚——不、是布滿了訝異，甚至讓他無法意識到自己的傷勢。

（發、發生、什麼事了……!?）

他無法理解。

〈女神過剩之恩寵〉沒有發動嗎？

不，這不可能。

至今從來沒發生過這種事。

命運的齒輪確實順著自己的意向而動。

一輝的心臟確實停止跳動了。

心臟停止跳動，人體就無法行動。

這是當然的，心臟是幫浦，負責將血液以及氧氣等等的能量輸送至全身。

汽油耗盡的引擎無法運作。同樣的，人體若是缺乏血液與氧氣、能量，就無法運作。

一輝已經死定了……——不，一輝在那個時候，就應該死去了才對。

他不可能反擊。

（但是為什麼他能動？為什麼我被砍了!?）

「你、你……做了什麼……!?」

天音腦中一片混亂，開口問向一輝。而一輝早已站起身，看不出任何痛苦的模樣。

一輝聞言，則是俯瞰著天音：

「我只是自己讓心臟恢復跳動罷了。」

他若無其事地這麼說道。

『啊──！原來如此，是這麼回事啊──！哈哈，真的假的──！』

坐在解說席上的西京聽見一輝的回答，立刻送上了掌聲。

『西、西京老師！這是怎麼回事呢!?』

『就像黑鐵小弟剛剛說的一樣啦。黑鐵小弟的心臟確實停止跳動了，但是他又自己驅動了心臟，轉而進行反擊。』

『什……!?您、您說驅動心臟，真的能做到這種事嗎!?』

『啊哈哈，哎呀，妾身可辦不到喔。畢竟人可沒辦法靠著意識驅動心臟，而是由心肌裡的「起搏細胞」自動發出命令，使心臟產生跳動。其中並不包含人的意識，只是最純粹的肉體結構。不過……黑鐵小弟就辦得到，因為他至今就是這麼做的啊。』

『咦？』

『就是比翼的劍術。施展那套劍術，必須讓全身肌肉在瞬間同時運作，而要做到這點，除了需要腦部神經信號內的訊息量，還需要更重要的東西，那就是血液。必須讓血液供給足夠的能量，全身的肌肉才可能同時運作。但是若要供給如此大量的能量，一般的脈搏與血壓根本不足。不過這也是當然的，人類的肉體構造，本來就不是以比翼之劍這種動作為前提去設計的嘛。

這樣一來該怎麼辦呢？答案只有一個，那就是以意識加速脈搏與血壓，使血液運作大幅度超越生命活動的標準。也就是說，**他必須能以自我意識驅動心臟**，不然一切都是痴人說夢。黑鐵小弟使用的劍術就是這種東西。而既然他能以自我意識驅動心臟，「起搏細胞」就算稍微出點差錯，也算不了什麼，他只需要將心臟的運作從自動切換成手動就好了。』

西京的解說完全正確，沒有半點錯誤。

就如同她所指出的，一輝在心臟的自律脈搏停止的瞬間，將心肌運動的控制權轉讓給腦部。

他以意識起動心肌，馬上重振旗鼓。

而心臟的「起搏細胞」本身具備再次啟動的功能，只要經過心臟按摩或是電擊之類的外在刺激，隨時都能再度運作。

『也就是說，小天剛才那句「去死吧」，根本沒辦法讓黑鐵小弟受到任何傷害。而他還以為勝負已定，毫無防備地踏進〈無冕劍王〉的攻擊範圍裡，只能說他實在太大意了，這個大失敗可是致命傷呢。』

『的、的確……從紫乃宮選手的出血量來看，他確實傷得很重。』

『我才不是這個意思。小天的能力是將因果轉變為對自己有利……**照理來說，他根本不會**被黑鐵小弟騙進攻擊範圍裡。〈女神過剩之恩寵〉介入之後，他應該有辦法事前防備才對，可是……他這次卻防不了。也就是說，他介入究極的因果，『試圖奪走對方的性命』，黑鐵小弟仍然超越了他。在這個時間點，雙方的實力就已經見真章了。』

紫乃宮天音贏不了黑鐵一輝。

不論他扭曲多少因果，依舊無法動搖這個必然。於是，守護天音的女神屈服了。天音的致命傷就是證據，既然如此——

『勝負已定。小天完全依賴〈女神過剩之恩寵〉，而這個能力已經起不了作用，所以他毫無勝算。』

「～～～～——！」

天音聽完西京的解說，臉色蒼白。就如他所說，自己原本根本不可能受這麼重的傷。

假如這件事發生了，就代表一輝擊敗無敵的〈女神過剩之恩寵〉。

（怎麼可能……！）

天音無法接受這個事實。

「我已經許願要你去死了……！而且這個願望也實現了！那你就老實地去死啊……！為什麼你不肯放棄！」

天音雙眼睜到了極限，死瞪著一輝。

一輝則是眼神平靜地低頭望著他，淡淡說道：

「這一點都不稀奇。因果干涉系能力只能觸發**有可能會發生**的事，那麼會有這種結果，也是理所當然的。天音似乎相當高估自己的能力，不過這點程度的能力……在騎士的世界比比皆是。」

「…………!?」

「你的能力的確是用途廣泛，也相當便利……但也就僅止於此。

而我親身體驗過了。

有的騎士能隱藏自己的身影，甚至連自己射出的箭都能隱形；

有的騎士揮劍的速度，快得足以斬斷落雷；

有的騎士能自在操縱等同於太陽的高熱。

這每一種強悍的能力，絲毫不遜於你。

而擁有這些力量的騎士們，只為了唯一的頂點，只為了『不輸給任何人』，拚上性命，互相競爭，這就是七星劍武祭。我雖然資質低劣，也一路戰勝他們，才能站在今天這個舞台上。」

既然如此──

「你不過是因為嫉妒他人，就想試圖絆住別人……**甚至從未試著贏過自己**。如今我怎麼可能會輸給你？」

一輝的話語彷彿刀刃，貫穿了天音。

下一秒——

「～～～～～～～唔——咳咳、哈啊——!?」

天音的口中與傷口噴出大量鮮血，無力地倒在血泊中。

他馬上撐起四肢想站起身，卻辦不到。

（站、不起來……!?）

手腳彷彿沒了骨頭，不聽使喚。

身體的力量隨著血液漸漸流失。

不論天音多麼想站起身，四肢都使不上力。

不、不只如此。

（好、黑……）

黑夜逐漸覆蓋了視野。

黑暗逐漸籠罩了意識。

事已至此，天音終於明白那難以接受的事實。

——就如西京所說，這場戰鬥已經決出勝負了。

於是——

「到此為止！勝者，黑鐵一輝!!」

意識漸漸遠去，裁判的聲音朦朧地迴盪在耳邊，那道聲音將無法接受的現實，轉變為無法動搖的過去。

紫乃宮天音、〈女神過剩之恩寵〉就此敗北。

（這個能力……竟然這麼輕易就能超越嗎？）

天音沉浸在血泊中，即便是即將失去意識的這個瞬間，他依舊難以置信。

因為他只要一動用〈女神過剩之恩寵〉，沒有無法實現的願望。

但那名只會死纏爛打的F級騎士，竟然超越了這個能力。

而且他最後不是傷得體無完膚，而是毫髮無傷地勝過天音，甚至沒有動用他的殺手鐧——〈一刀修羅〉。

就這樣，一臉輕鬆地戰勝了他。

（我就只是被這點程度的東西……奪走了一切嗎？）

——真的？

他如此質問自己的剎那——

紫音，你要變得更幸福喔。

給予勝者的喝采明明聽起來是那般遙遠，她的聲音卻如同在耳邊低喃，如此清晰。

◆◇◆◇◆

——紫乃宮天音，也就是天宮紫音，他在相當幼小的年紀，就覺醒為伐刀者。

年幼的他極為忠實自己的慾望，不知自制。

他漫無節制地發揮那不自然的幸運，以至於周遭所有人都得知他的能力。

這為他的小學生活蒙上了陰影。

不論他再怎麼努力念書，獲得高分；不論他再怎麼努力投入在體育課程。

——那傢伙都作弊。

他依舊被人這麼說閒話。

學生、教師，每個人都討厭天音，卻又害怕天音……於是便當作他不存在。

但這也難免。

〈女神過剩之恩寵〉會呼應他真心的欲求、衝動。天音所獲得的成果，究竟是他努力得來的結果，還是女神介入造成的偶然，就連天音本人都懵懵懂懂。

但是，正因為如此，天音希望第三者承認他得來的成果。

希望別人稱讚他，承認那是他努力得來的，而不是靠運氣。

但是他終究無法如願。

當時學校發生了火災，他出手救了學生們，但是學生們不但不承認他的努力，反而冤枉他，單方面認為是因為他想要帥，才設計了這場火災。於是……天音最後拒絕上學，成天悶在家裡。

但是相依為命的母親並沒有責怪天音。

『沒關係，媽媽知道，紫音是個善良的孩子，絕對不會做那種事。』

母親如此安慰啜泣的天音。對天音來說，母親是他唯一的依靠。

『不只是媽媽，神明也知道。正因為祂知道紫音是個善良的孩子，才會賜給紫音這麼神奇的力量，要你用這個力量變幸福。所以啊——紫音，你要變得更幸福喔。』

天音至今仍然記得那溫暖的懷抱。

自己還在襁褓中時，母親便與父親離婚，獨自一人扶養自己。

他最喜歡溫柔又堅強的母親。

所以他總是祈求母親的幸福。

而託他的福，母親的事業越來越成功，兩人過著富裕的生活。

——當時的他真的很幸福。

即使學校沒有人承認自己，他還是有自己的容身之處。

他還有母親，母親願意承認自己，愛著自己。

那就足夠了。

當時的天音這麼心想。

——但是某一天，天音突然心生疑問。

假如自己沒有這種力量，母親還願意愛自己嗎？

該不會，她真正愛的不是自己，而是自己能夠帶來財富的力量？

——曾經萌芽的不安，漸漸在自己胸中成長茁壯。

他很痛苦，痛苦得想哭。

母親面對自己，總是露出充滿慈愛又溫暖的笑容。

而自己竟然懷疑那張笑臉，這讓他非常討厭這樣的自己。但是不論他再怎麼催眠自己不要懷疑，心中的不安仍舊存在，甚至像是一隻蜈蚣，在天音的胸懷中四處亂竄。

他再也按耐不住了。

於是，他下定決心。

就一天。他就停止使用力量一天，來確認母親的愛。

他的幸福生活，在極短的時間內迅速崩毀。

『為什麼？媽媽這麼愛紫音，為什麼紫音不願意愛媽媽呢？』

那一天，美國某間大銀行宣告破產，引發世界級的金融風暴。

而天音的家中是以股票投資維生，這場風暴直接衝擊了家計，一天就讓家中欠下大筆債務。

母親因此暴怒，憤而對天音施暴。

而母親過於激烈的暴力，讓天音徹底了解。

不只是學校的人們。

就連親生母親也不需要天宮紫音這個人。

她只愛著他的力量。

她只需要他的幸運。

自己沒了這些力量後，根本當不了母親的孩子。

——於是，當他明白一切之後，一切越來越走下坡。

天音明白母親根本不愛天宮紫音之後，不論他如何努力，他都無法祈求母親的幸福。

〈女神過剩之恩寵〉會從天音的心中感應到他的願望。

因此他若不是真心這麼希望，願望就不會實現。

最後，母親越來越憤怒，以教訓為名的暴力，漸漸轉變為等同於拷問的虐待。

毆打、踹踏變成家常便飯，三餐更是有一頓沒一頓。

母親甚至還脫光他的衣服，將他關進兔子用的籠子裡，朝著籠子潑灑熱水。

籠子上了鎖，他根本沒辦法出來。

他待在那小小的兔籠裡，無法閃躲，只能不停哀號。

浮腫的皮膚逐漸剝落，天音痛得又哭又叫，拚命乞求母親。

對不起、請原諒我。

他相信，只要自己繼續乞求母親，母親或許會回心轉意。

但是母親始終沒有聽進天音的哀求。

母親的答案總是如此。

——希望我住手的話，就讓我幸福。

讓我幸福。

讓我幸福。

讓我幸福，讓我幸福，讓我幸福，讓我幸福。

讓我幸福，讓我幸福，讓我幸福，讓我幸福，讓我幸福，讓我幸福。

讓我幸福，讓我幸福——

——於是，這樣的地獄持續了半年左右——

天音終於開始恨起母親，而命運一如往常地回應著天音的心。

『紫音，沒事吧!?太好了，還來得及，真是太好了……！』

一名中年男子渾身染上母親的鮮血，將瀕死的天音從籠中救了出來。

他隱約還記得，眼前的男子就是自己的父親。

『已經沒事了，可怕的媽媽已經不在了！』

他淚流滿面地抱緊瘦成皮包骨的自己——

露出和母親一樣的笑容，這麼說道：

『所以——你以後愛著爸爸就好。』

就在這個瞬間，天宮紫音明白了一切。

這個世界……不需要**天宮紫音**。

同時……**他終於能放棄他自己**。

這份力量能實現世界上所有的願望，同時這份絕對的力量，也毀了血親之間的愛情。

這份力量如影隨形地跟在身後，他人會忽略自己的存在，也是無可奈何的。

當他開始自暴自棄，同時他的心也變得輕鬆一些。

只有這個……這份無可奈何明明就是他唯一的救贖——

◆◇◆◇◆

「到此為止！勝者，黑鐵一輝!!」

主審觀察天音的出血量後，立刻宣布比賽結束，同時宣告勝者之名。

他從長久以來的經驗，判斷天音無法繼續比賽。

會場內隨即沸騰，四處充滿欣喜的喝采。

『主審現在判斷紫乃宮選手無法繼續戰鬥，宣布比賽結束！七星劍武祭準決賽第二場比賽，由〈無冕劍王〉黑鐵一輝選手取得勝利————!!』

『好、好耶——！一輝贏了！』

『咦、真的嗎？已經結束啦？』

『總覺得很沒勁啊……戰況幾乎是一面倒。』

『會場歡聲雷動！但是其中也不少疑惑的聲音！不過這也是當然的！〈厄運〉對〈無冕劍王〉的準決賽，先是在突如其來的棄權宣言中展開比賽，每個人一開始都認為比賽的進展錯綜複雜，但是當謎底一揭曉，戰況便單方面倒向黑鐵選手，最後他毫髮無傷地擊敗了紫乃宮選手，完美贏得這場比賽！

但是，這一切都是因為黑鐵選手鍛鍊至極限的體術，才能有如此完美的戰績！

正因為對手是他，這場勝利才會如此「必然」！

而黑鐵選手經過這場勝利，終於確定進軍決賽！

F級選手即將觸及〈七星劍王〉的寶座，這還是史上第一次啊！』

「好厲害！一輝太厲害了！面對如此誇張的能力，竟然能完美地贏得了比賽！」

有栖院在觀眾席上見到比賽結果，開心地拍手叫好。

有栖院曾經親眼目睹天音非比尋常的能力，他很擔心一輝無法輕易突破這場關卡，因此他更是為此感到喜悅。

他轉身看向身旁的珠雫，想馬上和她分享勝利的喜悅。

「珠雫，真是太好了呢！」

但是——珠雫不但沒有為眼前的勝利感到欣喜——

「——…………」

她反而保持險峻的神情，直盯著勝負已定的戰場。

「珠雫？」

她到底怎麼了？有栖院開口問道，但是珠雫沒有回答。

不，她是沒辦法回答。

（……這是、什麼感覺……）

她自己也不知道，為何沒辦法為兄長的勝利感到開心。

然而，不只有珠雫懷抱著這種心情。

一輝的女友，和珠雫一同在場觀戰的史黛菈，她的表情同樣因為不安而緊繃。

她們實在無法理解。

主審已經宣布比賽結束，宣布一輝獲勝。

也就是說，他的勝利已經是既定事實。

一切木已成舟。

即使是天音，也無法挽回這個結果。

但是——

（明明比賽已經結束了……）

不知為何——胸口那陣不祥的躁動，彷彿加速度般地逐漸放大。

而她們不安的原因——

「危險————!!」

伴隨著一輝急切的呼喊，一切終於揭曉。

◆◇◆◇◆

主審宣布勝利者的名字後，立刻蹲在倒地的天音身邊。

他開始確認天音的傷勢。

傷口很深，出血非常嚴重。

天音的狀態相當危急。

因此他在醫療人員抵達之前，打算施展魔法，先以自身的治癒術為天音止血。

但是——

「咦……」

正當他要為天音施予治癒術的剎那間。

——主審與天音對上了雙眼。

汙濁不堪的雙瞳大大睜開，骨溜一轉。

下一秒——

「——你很礙事啊。」

天音全身噴發出濃烈的魔力光芒，彷彿漆黑的濃霧——不，是火焰。

緊接著，有如黑焰一般的魔力光芒立刻聚集成數隻「手臂」的形狀，飛速伸向主審的頸部。

「咿！」

「危險——!!」

一輝率先察覺異變，做出應對。

主審碰上這突發狀況，嚇得僵在原地。一輝從旁推開了主審，躲開迎面而來的黑焰之手。

『發、發發發發、發生什麼事啦啊啊啊啊——!?!?紫乃宮選手倒在地上，身體突然伸出了像是黑色手臂的東西，並且出手攻擊裁判——!』

選手在比賽結束後，攻擊了裁判。

飯田見到眼前的緊急狀況，不禁放聲大喊——

『……喂、喂喂喂、那個力量到底是…………!』

身旁的西京也從解說席上站起身，滿臉震驚。

但是她不是訝異於天音攻擊主審。

——而是黑色手臂帶來的破壞。

（腐朽了……!）

戰圈上的一輝同樣顫抖雙瞳，驚愕不已。

他掩護主審後，立刻望向擦身而過的黑色手臂，接著他看到了。

黑色手臂觸碰過的一部分戰圈，竟然彷彿風化了似的崩解之後，隨風消逝。

而且崩解的不只有那一部分，甚至還緩緩擴散到其他區塊上。

（這個力量……）

「天音……」

一輝將視線移回天音身上。

天音並不是趴倒在地上。

而是猶如亡靈一般，緩緩站起身，彷彿詛咒般地低語道：

「少開、玩笑了……我還沒、輸……我的〈女神過剩之恩寵〉是無敵的……我的力量是萬能的，可以實現任何、願望……至今都是這樣。所以、所以我才能放棄我自己…………！現在，我拋棄了家、拋棄了家人、拋棄了朋友……甚至連自己都拋棄了，然後才跟我說、事情不是我想的這個樣子……我怎麼可能接受…………！」

雙眼瞪大到極限，滿是血絲。

同時雙眼眼角落下了有如血滴一般的……淚珠。

「我才不承認……」

有如呻吟一般的低語。

天音這麼說道——我絕不認同你。

黑鐵一輝，出生於名家的廢物。

他是F級，他本來只能趁早放棄自己的價值。

但是他不肯放棄自己，並且即將以F級的資質抓住原本不可得的榮耀。

當天音第一次知道這個人的時候，天音並不討厭他。

因為他看著這個男人……彷彿像是在作夢。

搞不好，自己還能做些努力。

如果自己能像這個男人一樣，有勇氣繼續相信自己，或許就不會變成現在的自己。

他看見了那滿是荊棘的夢想。

同時也差一點開始厭惡現在的自己。

——少開玩笑了。

我好不容易才拋棄雙親、拋棄朋友，甚至拋棄了自己，才終於放棄了一切。

不要、讓我懷抱起夢想啊……！

「……你實在是……太礙眼了……！」

「——……你……」

「黑鐵，退下！接下來就交給我們！」

一輝正想說些什麼，銳利的一喝響徹混亂的會場。

那是破軍學園理事長·新宮寺黑乃的聲音。

她顯現出自己的靈裝，一腳踏上欄杆，跨了過去——

「所有人合力壓制住那個男孩！」

接著命令會場內所有的魔法騎士。

在觀眾席上各處待機的魔法騎士們接到指令，同時出動。

但是，天音見到騎士們的行動後——

「不要、妨礙我啊啊啊啊啊啊啊——!!」

他憤怒地尖叫，身體各處伸出上百隻漆黑手臂，同時伸向觀眾席。西京見狀，立刻抓起麥克風，對會場內的魔法騎士大喊：

『所有人張開魔力屏障！絕對不能**直接碰到**那些黑焰！』

『『——————!!』』

場內的工作人員都是為了順利舉行七星劍武祭，特別挑選出來的菁英，他們立刻做出對應。

所有人施放魔力，做出屏障。

黑色手臂撞上魔力形成的屏障，彷彿抓弄玻璃窗似的，拚命刮著肉眼看不見的屏障。

幸虧工作人員應對速度快，沒有人受到攻擊。

不過——

『嗚、嗚哇啊啊啊啊——!?』

『呀啊啊啊啊啊啊啊啊啊——!!』

『那、那是什麼啊……!』

會場內四處傳來觀眾的哀號。

一部分黑色手臂刺中觀眾席的地板或欄杆後，那些物品就如一輝或西京所見到的景象，開始風化、崩解。而且就如同墨汁沾到白布，那些崩解的部分漸漸往其他部分擴散出去。

飯田見狀，困惑地大喊道：

『這是……！腐朽了!?紫乃宮選手發出那些如同黑色手臂的魔力，而那些魔力觸碰到的地方，全都漸漸腐壞、崩毀！但、但是，這到底是發生什麼事!?因果干涉系能力只能觸發存在可能因果的現象！但是，建造會場用的強化水泥，其耐久年限可是超過數百年！應該不可能存在其腐朽的因果才對……！』

『他改變使用能力的方式了……』

『西京老師？』

『小天至今根本沒有刻意去控制自己的力量，絕大部分只使用了流竄出來的那一點點的力量，而他光是這樣使用，就已經非常強大了。但是……那些黑色手臂不一樣，他將〈女神過剩之恩寵〉的力量集中到肉眼可視的程度，提高了強制力……！』

西京的推測是正確的。

正如她所說，天音集中自己的因果干涉能力，提高了其絕對性。

甚至能去除『過程』，直接抵達『結果』。

而天音現在只在自己的力量中，灌注一種願望。

殺意。

這就代表——

『那些黑色手臂等同於死神之手，它將會無視過程與方法，直接賦予萬物無法躲避的結果──「死亡」！只要直接被它擦過一下，馬上就會上天堂了！再繼續磨蹭會出人命的……！小哥！麻煩你引導觀眾避難了！』

『那、那西京老師您該怎麼辦!?』

『小黑他們光是保護觀眾就耗盡全力了！妾身要去阻止那個小鬼！』

西京這麼說完，顯現出靈裝──〈嫣紅鳳〉，橫向一揮，擊破轉播席的窗戶，接著全身覆上濃得肉眼可見的魔力鎧甲，從窗戶探出身。

她打算從那裡跳下戰圈。

不過──

「不勞您費心。」

戰圈上的一輝制止了西京。

『黑鐵小弟……？』

「老師們請全力保護觀眾席，由我來阻止他。」

他會阻止天音。

◆◇◆◇◆

正在保護觀眾席的黑乃立刻出言反對：

「黑鐵，別說傻話了！你已經獲勝了！不需要做到這種地步！」

「不，考量到天音的能力性質，觀眾席絕對不能有任何閃失，減弱觀眾席的防守反而危險。更何況……他的注意力在我身上。」

「黑鐵……！」

「比賽結果已定，身上的傷勢也足以讓他失去意識，但是他依舊想挑戰我，那麼……我絕不能背對我的敵人。」

一輝這麼說完，面對著天音，舉起了劍。

他不打算打退堂鼓。

以一輝的角度來看，他當然不會退下。

畢竟就在這個瞬間——

「天音，你終於露出像樣的表情了。」

自兩人相遇以來，天音始終包覆在謊言之中。而現在，他終於向一輝展現了真正的自我。

（……我明白你的心情。）

『我的〈女神過剩之恩寵〉是無敵的……我的力量是萬能的，可以實現任何、願望……至今都是這樣。所以、所以我才能放棄我自己……………！』

他會為自己的自暴自棄找藉口，就代表他其實根本不想放棄。

他明明存活在這個世界上，卻必須主動拋棄自己所有的可能性。

一般人絕對辦不到。

從某方面來說，拋棄自我比自殺還難，所以他需要藉口。

他需要充分的藉口，強迫自己接受這一切。

對天音來說，〈女神過剩之恩寵〉的絕對力量，足以讓他做為拋棄自我的藉口。

……天音將真正的心情，埋藏在那句吶喊之中，而一輝感同身受。

（我也曾經是這個樣子。）

出生於世家豪門的廢物。

黑鐵一輝的童年，旁人始終否定他的價值，對他不抱持任何期待。

他也曾經將自己的低劣資質當作藉口，試圖放棄自身的可能性。

他走投無路，不得不這麼做。

但是就在這個時候，一輝遇見了那個男人。

『小鬼，你很不甘心吧？那你千萬別忘記這份不甘心，因為這份不甘心，證明你並沒有放棄自己。』

那個男人賦予自己勇氣，讓他能繼續堅信自己的可能性。

正因為有了那次相遇，他才能繼續奮戰，直到現在。

一輝很清楚這點。

但是天音……不，天宮紫音卻不同於一輝。

他沒有黑鐵龍馬、沒有黑鐵珠雫、沒有史黛菈……他的身邊，沒有任何人。朋友、血親，沒有人願意直視他這個人，而是望著他的力量。

自己並不存在於世界任何一個角落。

他就彷彿幽靈，孤身一人徘徊在這荒涼的世界裡，品嘗這份極限的孤獨。

他只能為自己找尋自暴自棄的藉口，不斷催眠自己。

一輝很清楚……那究竟有多麼痛苦。

他該做的事已經擺在眼前了。

（既然如此──）

一輝一直希望自己能像龍馬一樣，在他人無法相信自己，沮喪氣餒的時候，帶給他人勇氣──所以他才踏上了騎士之道！

「你很討厭我，無法原諒我，是吧？

那你就帶著那份憎恨，放馬過來吧！

我將以我的最弱（最強），摧毀你的自棄……！」

我就接下你的挑戰。一輝堅決地說道，接著發動了殺手鐗——〈一刀修羅〉。

他全身纏繞蒼光，往天音直奔而去。

「嗚、啊、啊啊啊啊啊啊啊啊啊——!!」

天音則是放聲長嚎，將殺意化為實體，施放無數的死神之手。

若要比魔力，天音遠遠占上風。

單憑〈一刀修羅〉的魔力，根本稱不上鎧甲。

死神之手只要輕輕擦過，就能攫取一輝的性命。

一輝心知肚明，但是他依舊不躲不逃，向前邁進——

「哈啊啊啊啊——!!」

他施展號稱最快之名的劍術，一一斬下猶如槍陣接連而來的死神之手，一步步向前進。

他毫不停歇。

每一步。

每一剎那。

宛如月光，撕裂了黑夜。

蒼藍焰火漸漸驅散前仆後繼的黑焰。

觀眾原本站起身，打算逃離天音失控的魔爪，當他們見到一輝強大的戰姿，不禁停下腳步，直盯著戰圈。

『好、好厲害……！』

『他已經贏了比賽，竟然還打算自己解決對手嗎!?』

一輝明明沒有義務這麼做。

觀眾無法理解，為何一輝願意做到這種地步。

但是，即使如此——

他們還是從一輝的側臉中，感受到他抱持著某種頑強的決心。

所以——

『上啊——！黑鐵，不要輸啊——！』

『好好教訓那個犯規的傢伙！』

『一輝——！加油——！』

即使比賽已經結束，觀眾依然高聲為一輝送上聲援。

而一輝彷彿呼應著喝采，更進一步加快前進的速度。

無數的死神之手完全無法招架一輝的攻勢。

西京見到這個畫面，恍然大悟地瞇起雙眼。

『集中力量反而帶來壞處了呢。』

『壞處？』

『沒錯，〈女神過剩之恩寵〉集中到肉眼可視的程度之後，確實能無視過程帶來「死」，不管黑鐵還有多少花招，都拿他沒轍。不過……他因為將力量過於集中在「死」的因果，反而扼殺了〈女神過剩之恩寵〉最大的優勢。』

『最大的優勢？那是什麼？』

『就是偶然。畢竟小天至今都「只是許願」而已。

要是能變成這樣、變成那樣就好了。

所以我們沒辦法識破他的「意念」，沒辦法預測他會如何改變因果。

畢竟連伐刀絕技的持有者本人都不知道能力會引發什麼效果嘛。

事實上在這場比賽當中，黑鐵小弟雖然能從〈女神過剩之恩寵〉觸發的失誤中重振旗鼓，但是他一**次都沒有躲過其效力**。

不過現在就不一樣了。過於強大的因果修正力，明顯呼應著小天的殺意，是處於小天自己的掌控之下。那麼——就算他再有上千隻的死神之手，也算不了什麼。識破對手的意念——這可是〈落第騎士〉的拿手好戲呢……！』

更何況，天音自己是第一次以這種方式使用能力，死神之手的動作相當拙劣。

這種徒有外表的力量，不可能制得住一輝。

既然如此——

『黑鐵小弟！你既然敢這麼大的口氣阻止我，這場硬仗就算在你頭上了！你給我負起責任，制伏那個大笨蛋！』

西京做好隨時都能跳出去的準備，透過麥克風這麼說道。

而就在同時──

「──～～～～～～～～──!!」

一輝終於將天音納入刀劍的距離之中。

天音雖然表情險峻，卻不肯退後。

他要是後退一步，就有可能直接倒地。

他很清楚這點。

他在雙手中顯現出〈蔚藍〉。

在劍身上賦予「死」的結果，迎擊一輝。

他豁出了一切。

這是當然的，他要是輸了這場戰鬥，自己的放棄就真的只是個藉口。

然而事到如今，他已經失去太多，無法承受這個結果。

(只要擦過就好！只要擦過他一塊皮，我就贏了！)

「嗚啊啊啊啊！」

天音悲痛地吶喊，揮動雙劍。

但是──他的斬擊所描繪的軌跡，是那樣的拙劣、柔弱。

他的動作就如同他在比賽開始不久後，所展現的劍招，但又有些不同。

那是真正外行人才有的砍法。

〈女神過剩之恩寵〉的力量現在集中在「死」的面向上，無法賦予他幸運。他的劍不要說是刺向一輝防守薄弱的角度，甚至無法順著正確的軌道揮劍，劍路歪七扭八。

這種劍術對一輝當然不管用——

「——」

他隨手一斬，輕鬆擋下天音的雙劍。天音甚至看不見那一斬的殘影。

而這一斬將〈蔚藍〉彈向遙遠的後方。

他不論做什麼，都阻止不了一輝前進。

天音即使再不情願，他仍然確實感受到自己的弱小……他咬緊牙根。

不甘心。

自己什麼都辦不到。

他憎恨弱小的自己。

（……我最後一次如此悔恨自己的無力，究竟是什麼時候呢……）

他早就忘了這份情感。

能夠實現任何願望的力量。

天音身懷極端的力量降生，卻因此得不到任何事物。

一切功名都歸於「無名的榮耀」，從他的掌中流逝。

於是他放棄了欲求。

因為不論他許再多的願，他都無法親手抓住任何事物。

但是——

啊啊，可是——

「嗚、啊啊、啊啊啊啊————————！」

「「「…………!?」」」

——下一秒，包含一輝在內，在場所有人都驚訝地倒抽一口氣。

一輝斬下天音一切的抵抗，每個人都肯定一輝即將決出勝負。就在這個剎那——

劍術外行的天音再次顯現出靈裝，並且反手斬向一輝。

而且是以外行人無法看穿的時機與動作，施展刀軌端正的斬擊。

那是〈女神過剩之恩寵〉帶來的幸運之果嗎？

不——天音的力量已經集中在「死」之結果，並且賦予在劍上，無法使用這個能力。

這次反擊單純是天音……是他自己特有的體術。

他曾以自己的幸運，無數次描繪出獨特的劍路與動作。現在他不仰賴能力，單純模仿那些行動，在危急之時學會他自己的獨鬥劍術（Original）。

一輝勉強以刀刃抵擋天音意料之外的反擊。

天音原本使盡渾身解數，一輝依舊不曾停下任何一秒。但是在這個瞬間，一輝停下了腳步。

就在此時——天音將一切孤注一擲，進行反擊！

（我想贏他……）

他的步伐沉穩，並且在這場比賽中第一次——**前進**。

他不論如何拋棄自我、蒙騙自己、終究無法捨棄的，那份如同吶喊般的渴望，推動著他的身體。

（我想贏過他……！）

——真好，只靠運氣就能一切順順利利的。

——不管怎麼努力，到最後還是運氣決定一切嘛。

——紫音，你要變得更幸福喔。

——所以，你以後愛著爸爸就好。

誰也不願意注視著自己，也無法抓住任何事物。

他一直過著生不如死，如同行屍走肉的人生。

不論是多麼細微的事情也好。

不管是多麼渺小的東西也罷。

他只想親手抓住一件事物，能夠肯定那是屬於自己的事物。

他想抓住那件事物，放聲吶喊：**自己確實存在於這個世界上**。

而現在，這件事物就在眼前。

即使動用擾亂自己人生的那名女神，也無法得手的——勝利。

那麼——

（我要贏過他！）

要是能獲得這項勝利，他或許就能露出有生以來，第一個真心的微笑。

「嗚喔喔喔喔喔喔喔喔喔喔喔喔喔喔喔——————!!」

天音的吶喊不再充滿悲痛，而是轉變為蘊含強韌意志的咆哮。

他使出左方的突刺。

劍尖猶如疾風，循著最快的軌道逼近一輝。

〈陰鐵〉接下了意外的反擊——由右而來的一斬，無法防範這個位置的攻擊。

他將會無條件刺穿一輝的性命。

就在這轉瞬之間——

「第二祕劍——〈裂甲〉。」

「————啊……」

天音全力一刺接觸到一輝的肌膚之前，黑刃便架開右方的〈蔚藍〉，斬斷天音最後的精力。

◆◇◆◇◆

「——………」

逆袈裟斬，一斬而過。天音的雙膝終於應聲落地。

第二祕劍〈裂甲〉。

這是以劍施展的寸勁拳。當他接下對手的劍，處於極限的姿勢之下，藉著下半身的韌帶與腰間的扭轉力道，給予敵人零距離斬擊。

一輝以此招彈開天音的右劍，適時反擊他的突刺。

而一輝施展的這一擊，也確確實實地給了天音最後一擊。

原本他渾身沸騰著那象徵「死亡」的魔力光芒，現在如同雲霧一般，消逝無蹤。

一輝不再追擊天音。

天音也不再掙扎起身。

他們已經明白了。

他著地的雙腳，不可能再次撐起身軀。

（我和他的距離明明如此接近，卻彷彿遠在天邊。）

他絞盡腦汁，卯足全力，耗盡了一切之後——

……仍舊無法帶給一輝任何一絲擦傷。

敵我之間的實力竟是如此懸殊。天音深深體會到彼此的實力差距，無力地跪坐在地上。接著——

「…………是我、輸了……」

他終於接受了眼前的現實。

「你很不甘心嗎？」

「…………嗯，是啊……我好不甘心。」

天音聞言，沉默良久，微微點了頭。

不甘心。

他的心情比湧上喉頭的鮮血還要苦澀。這份心情，的確只能用這三個字來形容。

一輝聽完天音的回答後——這麼告訴他：

「那你千萬別忘記這份不甘心。這份不甘心，證明天音其實還沒放棄自己。」

「……………咦？」

一輝的這句話，彷彿看透自己內心的糾葛。天音緩緩抬起頭。

烏雲不知何時散去，和煦的陽光從雲間灑落大地。

一輝背對著陽光，低頭望著自己。他臉上的表情，是天音從未見過，溫和無比的微笑。

「很久以前，我和你一樣哀嘆著自己的不幸，那個時候，有個人曾經對我這麼說過。不論多麼痛苦、多麼難過，都不能捨棄這份不甘心，因為人類只要不放棄，甚至能飛上月球。

……所以，我現在想將這句話送給你。

既然你會不甘心，你就盡情挑戰我吧。

不論何時，不論次數，儘管來挑戰。

你即使擁有實現任何願望的力量，仍然無法勝過我。你若是能親手取得這份勝利，這就是你能引以為傲，只屬於你的勝利；是你靠著自己的力量贏來的，只屬於你的榮耀。」

「…………啊……」

「而我一定會成為那個值得你嚮往的目標——接受你的挑戰。」

一輝說完，轉身背對天音。

接著離開了戰圈，不再回頭。

那道堅如鋼鐵的背影彷彿在對天音這麼說：儘管追上來。

（啊，是這樣啊……）

天音望著那道背影，終於理解了。

一輝為何無視黑乃的反對，執意繼續這場早已取勝的戰鬥。

一輝注視著他。

注視著連他自己都已經拋棄的——天宮紫音。

（…………真是敗給他了。）

天音欺騙他、陷害他，傷害了他的妹妹。

但是他仍然打算幫助天音。

要怎麼做，才能變得如此堅強？

要怎麼做，才能變得如此溫柔？

天音連自己都無法承受，他更是無法理解一輝。

但是，假如……

假如他追隨這道背影，自己就能在盡頭成為那樣的人——

——那一定是值得他傾盡終生的目標。

天音擠出最後的力氣，朝著逐漸遠去的背影伸出手。

接著，緊緊握住。

他的手當然抓不到任何東西。

他甚至碰不到一輝的衣角。

——但那也只是現在。

不過，有一天，總有一天，他會——

天音將那份炙熱的悔恨刻印在胸懷，下定決心，接著應聲倒下。

◆◇◆◇◆

『現在，醫療人員束縛住紫乃宮選手後，將他搬離戰圈。

哎呀，最後的最後竟然來了這麼一段波瀾萬丈的插曲。幸虧這些優秀的魔法騎士幫忙，現場沒有任何人受害。不愧是為了七星劍武祭選拔出來的菁英。

不過，我們最應該讚揚的人，就屬黑鐵一輝選手了。

比賽結束後，他經歷了那有如狂風暴雨般的發展後，仍然毫髮無傷。他展現出壓倒性的實力差距，擊倒了失控的〈厄運〉——紫乃宮天音選手。

這名過於強悍的F級騎士在明天的決賽中，究竟會如何對付擁有世界最強魔力的〈紅蓮皇女〉——史黛菈·法米利昂選手呢？我現在已經期待得不得了了。』

播報員對一輝的讚賞傳遍整個巨蛋。珠雫聽著轉播，奮力趕往一輝的身邊。

「珠雫！妳跑那麼快，會摔跤的！」

有栖院在身後提醒珠雫，但是她完全沒聽進去。

（哥哥贏了！哥哥終於打進決賽了……！）

她從小與一輝一起長大，所以她更是遠比其他人還要欣喜。

她現在就想向一輝道賀。

她想衷心恭喜一輝。

珠雫一想到這裡，就按捺不住，直接前往選手準備室。

於是——

「哥哥！」

她使勁推開準備室的房門，呼喚兄長。

但是——

「…………」

兄長雖然待在準備室裡，但是他卻靠著通往入場閘門的大門，毫無回應。

仔細一瞧，他雙眼緊閉，即使兩人走進房內，他仍舊毫無反應。

「哎呀，他睡著了嗎……雖然沒受傷，但是用掉了〈一刀修羅〉，是副作用嗎？」

有栖院從後方追上珠雫，望著一輝低頭閉眼的模樣，這麼低喃道。

〈一刀修羅〉會讓一輝在一分鐘內耗盡全力。

使用之後，一輝總是會直接睡倒，恢復體力。

不過——

（奇、怪………？）

怦　咚　。

珠雫望著一如往常的景象，不安彷彿要凍結她的心臟。

冷汗淋漓，渾身顫抖。

究竟是為什麼？珠雫為了尋求答案，觸碰了一輝──

「～～～～～～～～～～～～──!!」

接著，她明白了。

她的兄長，黑鐵一輝……沒了呼吸。

破軍學園壁報

角色介紹精選　　文編・日下部加加美

AMANE SHINOMIYA

紫乃宮天音

■PROFILE

隸屬：曉學園一年級

伐刀者等級：A

伐刀絕技：女神過剩之恩寵

稱號：厄運

人物簡介：學長的跟蹤狂

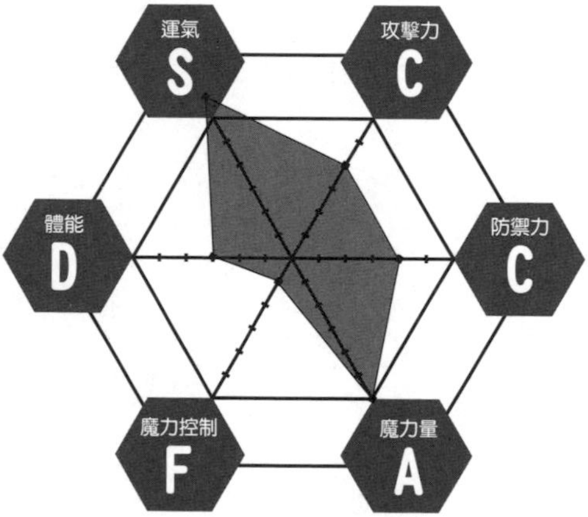

加加美鑑定！

他是曉學園的其中一名代表生，本名天宮紫音。他的能力是只需要許願，命運就會往對他有利的方向走去，最後實現他的願望，真是超級犯規的能力呢。不過這個只要許願就能得到一切的力量，也將他努力的機會連根拔起，還因此遭人嫉妒。說真的……我一點也不想要這種力量。因為……只要許願就能實現願望，反而會被能力奪走所有人生的樂趣嘛……我覺得，正因為這些事物是自己費盡千辛萬苦、花費大把時間，拚死拚活努力贏來的，自己才會喜歡上這些事物呢。

間章
姍姍來遲

一輝在準備室裡心臟停止跳動後，經過有栖院通報後，立刻被送往巨蛋內設有最新設備的醫療設施裡，嘗試緊急的復甦手術。

只有一輝的家屬，以及所屬學園的理事長・新宮寺黑乃允許待在手術室前的等待區。珠雫雙手合十向上天祈禱，同時注視著手術室的大門。

於是，從一輝被搬進手術室後，經過了兩個多小時。

代表手術中的號誌燈依舊亮著，但是卻有一名醫生步出手術室。

珠雫立刻湊上前詢問兄長的病況。

「哥哥呢!?哥哥得救了嗎!?」

醫生既不搖頭也不點頭，語氣沉重地說道：

「……不，這還不清楚。」

「什、什麼意思!?你、你說不清楚，到底是怎麼一回事啊！」

「我們也不清楚原因。一開始我們看到病人沒有外傷，單純是保持在心臟停止的狀態下，還以為病人只是心臟麻痺。但是當我們救回他的心臟後，這次換成腦部出問題；改去救治腦部之後，這次換成其他地方病變……根本像是在打地鼠，彷彿病人的整具肉體被拖向『死亡』……」

被拖向死亡。

這句話立刻聯想到一輝的對戰對手——天音的能力。

但是——

「可是哥哥應該全部閃過了啊!?」

沒錯，一輝應該是毫髮無傷，珠雫如此大喊。

不過——黑乃則是開口糾正了珠雫：

「黑鐵的妹妹，我也是有同樣猜測，所以就去檢查了影像紀錄……最後發現，黑鐵掩護主審的時候，死神之手微微擦過了上臂，『死』之結果應該就是從那裡入侵的。」

「怎、怎麼會……!」

珠雫眼看事態往最糟糕的方向發展，不禁一陣暈眩，搖搖欲墜。

但是兄長還在死亡邊緣徘徊，現在她不能倒下。

珠雫立刻重新振作，並且思考出辦法——那就是排除主因。

「只要殺了那傢伙……!」

「妳冷靜點。」

珠雫一說出危險至極的強硬手段，立刻有人嚴厲警告珠雫。那是她的父親‧嚴。

珠雫立刻惡狠狠地瞪向嚴，不過——

「〈厄運〉陷入昏厥，但一輝仍舊發病，就代表這麼做沒有任何意義。」

「唔……！」

嚴的理由相當合情合理，珠雫也只能啞口無言。

比賽結束時，天音確實失去了意識。

但是死的結果依舊殘留下來，這就代表他的力量一旦刻下結果，即使與施術者的意識或意念失去連結，仍然持續發生作用。

既然如此——嚴詢問黑乃：

「新宮寺老師，是否能動用您操縱時間的力量，將小犬的狀態倒轉回比賽之前？」

黑乃搖頭否定：

「……很遺憾，這是不可能的。倒轉時間對人體的負擔太大，如果是建築物倒還有可能成功。再說，人體倒轉的極限頂多數十秒，一旦超過這段時間，人體便會無法承受時間的扭曲……我們發現黑鐵的時候，他已經維持心臟停止的狀態經過數分鐘，我的力量實在……」

「…………原來、如此。」

「那我們什麼都辦不到嗎!?不要、我不要！」

珠雫聽見黑乃的回答，忍無可忍地站起身，衝向手術室。

「珠雫！」

「請別擅自進入手術室！」

嚴和醫生立刻阻止珠雫，但是珠雫不肯乖乖就範。

她半是發狂地掙扎，拚命想揮開兩人。

「放開我！你們不打算救哥哥的話，就讓我來！我會治好哥哥！不要妨礙我！哥哥！哥哥——！」

就在此時——

「哎呀、哎呀，等待區還真是吵鬧啊。」

突然傳來女子略帶憤怒的嗓音，斥責了珠雫。

「這裡好歹是等同於醫院的設施，你們就不能安靜一點？」

「妳、妳是……」

珠雫記得這聲音。

她曾經與聲音的主人同席短短數小時。

珠雫望向等待區的入口，而她預料中的人物就站在門口。

身穿白衣，一頭綠褐色秀髮的女子，她正是——

「霧、霧子醫生！」

以〈白衣騎士〉之名聲名遠播，日本最好的醫生。

抓住珠雫的醫生見到她的登場，不禁欣喜若狂，顫抖著語氣。

霧子微微點了點頭──

「黑鐵長官已經告訴我狀況了，之後就交給我吧。」

她這麼說完，快步穿過一行人身旁，手掌靠在手術室的大門上。

珠雫望著霧子的背影──

「妳真的救得了哥哥嗎……？」

泫然欲泣地問道。

──當然救得了。

她希望對方肯定。

她希望對方讓她安心。

但是醫生必須謹慎對待每一條生命，不能輕易答應她的請求。

醫生必須讓病患與家屬安心，反之，也不能輕易說出毫無根據的安慰。因此，

霧子回過頭，看向珠雫：

「小妹，妳未免太低估我了。」

抹紅的豔脣緩緩勾起，浮現果斷的笑意，這麼說道：

「如果沒辦法擊潰一、兩個誆騙病患的死神(Kranke)，怎麼能當得了醫生呢？」

◆◇◆◇◆

這一天，午間短暫出現的鉛色雲朵早已飄向西方的天空，夜晚的月色相當美麗。

紫乃宮天音在病房的床上坐起身，仰望著皎潔的明月，一邊回想起一輝告訴他的，那句龍馬的話語。

緊接著，病房門發出細微的聲響，自動打開了。

「…………」

「咦？什麼啊，你已經醒啦。太可惜了。」

身穿豔紅振袖和服的嬌小身影，悄悄打開房門，打算偷偷潛入病房。

那是〈夜叉姬〉——西京寧音。

她嘖了一聲，自討沒趣地嘟起雙唇，將手中的奇異筆藏進袖子裡。

「你給我們造成不少麻煩，妾身本來打算趁機對你惡作劇一下的說。你還是老樣子，運氣真好。」

運氣真好，確實是如此。天音默默心想。

因為他現在正好想問些事情。

那就是——

「……一輝還活著嗎？」

西京露出有些吃驚的表情。

「你發現了啊？」

「剛剛我聽見這裡的職員談起這件事，說他陷入病危狀態。」

「原來如此。」

西京這才明白原因，她自己也是剛剛才從黑乃的電話中得知經過。

「他平安保住性命了。聽說是〈白衣騎士〉特地跑這一趟，救醒了他。」

「是那個人啊……………」

這個稱號對天音來說，仍然記憶猶新。

這名騎士是他在第一輪比賽時，作弊逼迫她不戰而敗。

「我來這邊，是來幫那位叫霧子的小妹傳話。」

「傳話、給我嗎？」

天音和她並沒有好到能說上話，她究竟想說些什麼？天音不禁繃緊神經。

西京則是——

「她說：『第一輪比賽的帳奉還給你了，活該。』」

她彷彿在代言霧子的語氣，露出頑皮的笑容，將留言傳達給天音。

天音則是乾笑幾聲：「……哈哈。」

「是嗎？也就是說，其實我甚至贏不了第一輪比賽的對手。」

他接受了這個結果。

「……大家真的好強啊。」

「當然強，霧子可是個怪物呢。她要是認真地進行騎士活動，現在肯定已經達到A級標準，足以和史黛菈或小王馬並列。現在的小天可是根本拿她沒轍呢。」

「順帶一提，您找我，只為了這件事嗎？」

「不，還有一件事，是有關於你這次的失控事件。委員會和聯盟達成協議，日後再下達處分。雖說這是理所當然……應該會下達相當重的處罰呢。不過，小天是恐怖分子，這應該和你沒關係吧。」

「我會接受處分的。」

「……！」

西京沒想到對方會答得如此爽快，不禁瞪圓了雙眼。

接著天音則是──

「所以啊，西京老師。您能不能看在我有悔意，稍微讓我減刑一下呢？」

他的語氣如同少女般甜美，厚臉皮地拜託西京。

西京聽他這麼一說，頓時像是洩了氣的皮球，無奈地嘆了口氣。不過──

「真是個精明的小鬼。算了，妾身現在好歹算是老師，既然你還有得救……那妾身就多少幫你說幾句好話吧。」

她還是給出正面的答覆。

聯盟這個組織可是欠了她不少人情，所以她是有辦法做到的。

不過，她當然不會平白無故幫助天音。

西京再次以銳利的眼神望向天音，提出了條件：

「代價是，你絕對不能插手攪和明天的決賽。」

明天的決賽，指的當然是一輝與史黛菈的比賽。

雖說兩人根本不在意天音的介入，但也不代表他可以隨便插手。

這實在令西京非常不愉快。

不管是身為教師，還是身為一名騎士，西京都會不爽。

所以西京以減刑做為交換，強迫天音答應這個約定。

天音對此則是——

「我可以對天發誓，絕不插手。而且，我也沒理由插手了。」

他彷彿變了個人，露出平靜的笑容，接受了西京的條件。

……這樣看來，他應該不會反悔才對。

西京這麼認定之後，輕輕轉過身：

「妾身也辦完事了，先回去啦。你趕快睡覺啊。」

「好的，晚安……謝謝您。」

天音最後低下頭，感謝西京帶來傳言，以及願意幫忙當說客。

西京朝天音瞥了一眼，接著走出房間，關起房門，淡淡一笑。

「真是的，他看起來倒是輕鬆了不少嘛。」

接著——她從剛才就一直感受到一股氣息。她面向氣息的來源——

「哎呀、哎呀，真～是巧啊，月影老師。時間也不早了，你來這裡做～什麼啊？」

她啪搭啪搭地揮舞衣袖，親暱地上前搭話。

月影則是從走廊另一頭緩緩走來，停下腳步，苦笑道：「很巧嗎？」

「那裡是我學生的病房，我當然會過來探病啊。」

「什麼啊，你還想繼續演哪？曉學園的學生不是全滅了？」

沒錯，就如西京所說，天音敗北之後，曉學園陣營的代表已經宣告全滅。

月影以非法手段建立那些與國立曉學園有關的計畫，幾乎全數失敗。但是——

「那真是非常遺憾。我本來還希望他們能夠證明，曉學園強得足以承擔這個國家的未來呢。」

月影聳了聳肩，但是他的態度看起來並不可惜。

不，甚至會讓人認為……正好相反。

「你的心思真是難捉摸呢。」

西京原本想試圖觀察他真正的想法，這下也只能舉白旗了。

不過——西京暫且把這個想法放一邊，話題隨即一轉。

「難得在這邊見上一面，正好。我想問你一個問題，可以嗎？」

「什麼問題呢？」

西京的疑問只有一個。

是關於月影在今天的準決賽之前，事前做出的準備。

「準決賽第二場比賽，你看穿小天想要棄權，所以特地將小天的地雷告訴黑鐵小弟。你真的是為了讓小天獲勝，才這麼做嗎？」

西京怎麼也想不通。

他要是想設計天音，自然還有別種方法可行。

將起爆裝置託付給一輝這個方法，太多不確定因素了。

至少西京是這麼認為的，不過——

「老師您其實一開始就希望黑鐵小弟能夠拯救小天吧？」

「——————」

月影聽見西京的質疑，沒有馬上回答，只是沉默片刻……脣邊勾起淡淡的笑意。

他回想起一件事。

昨天夜裡，他將天音的過去託付給一輝時，一輝這麼問道：

『最後，請讓我問一個問題。您想設計的人是天音——還是我？』

西京也是提起同樣的質疑。

既然如此，他選擇給她同樣的答案：

「不曉得呢。畢竟我的工作充滿了表面工夫，就這樣持續數年，我或許連自己的真心都看不清了呢。」

他只是故弄玄虛，給了一個稱不上答案的答案。

西京聞言——

「這樣啊。」

她只是毫不在意地應聲。

既然知道月影是在耍花招敷衍，西京也明白這段問答沒有意義，爽快地放棄了。緊接著——

「那再讓我問一個問題。」

「妳的問題不是只有一個嗎？」

「男子漢大丈夫，別斤斤計較啦。」

西京厚顏無恥地靠近月影，開口說出疑問：

「妾身很在意，老師究竟是如何清楚得知小天的過往呢？」

「…………」

「從小天的態度來看，他根本不可能將這些過往說給人聽。再說，考量到〈女神過剩之恩寵〉的特性，對小天不利的資訊應該很難洩漏給第三者。唯一有可能成功的方法，就是以『更強大的因果干涉系能力強行曝光』。

月影老師啊，妾身翻找了很多資料庫，還是搞不清楚你的伐刀絕技到底擁有什麼樣的力量呢。堂堂一國首相竟然會和恐怖分子聯手，你這次會採取如此沒常識的

行動，和那個能力有關嗎？」

西京的語氣雖然親暱，雙眸卻有如獵鷹一般，蘊含鋒利的威嚇感，貫穿了月影。

她即使不說出口，雙眼也徹底表達出來。

她這次絕不允許月影蒙混過關。

不過——事實上，月影打從曉學園敗北的那一刻開始，就不打算隱瞞這個疑問的答案。但是……現在還不是時候。

因此，月影這麼回答：

「我在不遠的將來，就會主動告知這個答案。」

不是在這個地方，而是在適當的場合，適當的演員面前——

◆◇◆◇◆

意識的覺醒緩緩滲入，悄悄到來。

他睜開沉重的雙眼，眼前是陌生的格狀天花板。

「嗯、唔……、…………這裡是哪裡？」

一輝坐起身，揉著眼瞼，四處觀望漆黑的室內。

房內的色彩以純白為基調，相當整潔，樸素的裝潢，最後是自己坐的床鋪。

這裡看起來應該是病房沒錯。

睡昏頭的腦袋至少看得出這點。

但是，好奇怪。

自己應該是待在……準備室裡才對。

（話說回來，身體未免太沉重了……）

不只是身體，腦袋也顯得特別遲鈍。

房內陰暗，看得出現在應該是晚上，不過現在究竟是幾點鐘？

一輝望向枕邊，枕邊放著疊好的制服，學生手冊就放在制服上方。他決定在學生手冊上尋找疑問的答案。

他按下開機鈕，開啟螢幕。

上頭顯示的時間是晚上十點半。

再過不久，一天又要過去。

他從上午睡到現在，也難怪身體會沉重——

「……………咦？」

此時——一輝的表情當場僵住。

時間旁顯示的日期。

八月十日，這是——準決賽的隔天。

這一天，正是他與史黛菈進行決賽的日期。

「————!!」

這剎那，他腦袋彷彿炸開了鍋一般，湧出昏迷前的記憶。

他抵達準備室時，全身突然異常無力。

而且這種無力明顯不同於〈一刀修羅〉的副作用，是更為絕望的感受。他馬上就發現——

「死亡」這個結果正逐漸侵蝕自己。

——他唯一有可能中招，就是掩護主審的時候。

由於事發突然，他當下並沒有注意到，死神之手應該就是那個時候些微擦過自己的身體。他分析到這個階段，心想不妙……一股失落感湧上全身，奪走一輝出聲的力氣，遮蔽了他的意識。

或許是在那之後，某個人救了他，把他搬到這間病房。

——不、現在這種事根本無所謂！

比起這個，他該不會看錯日期了？

要是他沒看錯……

「唔～～～～！」

一輝一想到這裡，渾身冷汗淋漓。

但是一輝堅信應該是自己哪裡弄錯了，再次望向難以接受的現實——

（有、有簡訊……！）

一輝發現手上的機器接收到一封簡訊。

寄件人是——史黛菈。

他彷彿被某種念頭操縱，立刻打開簡訊。

簡訊沒有標題，只寫著一段內文。

『我在戰圈等你。』

一輝見到這段文字，立刻跳下床，飛奔出去。

◆◇◆◇◆

「呼啊、哈啊！」

一輝沒有換衣服、拖鞋也不穿，光著腳奔跑在夜晚無人的灣岸巨蛋內，一心奔向簡訊指定的場所。

他通過空無一人的服務台，穿越選手準備室，撞開似地推開通往入場閘門的大門——直接奔向閃耀著微薄月光的出口。

當他通過閘門的瞬間——

「——…………」

佇立在戰圈上的凜然身影，吸引住一輝的目光。

那是一名少女，夜晚的海風吹拂她赤若紅蓮的秀髮。

一輝上氣不接下氣地登上戰圈，走近她的身邊。

接著，他發現——

少女的緋色雙眸，同樣只映著自己。

她的雙眸之中，隱約蕩漾著哀傷的色彩。

「史黛菈……」

「一輝，你醒得真晚。」

「唔……」

「我等了你整整一天，一直都在等你。」

楚楚可憐的雙唇編織出的話語，令一輝徹底絕望，彷彿就要跌坐在地。

他果然沒有看錯。

七星劍武祭……已經結束了。

就在愚蠢的自己沉睡不醒的期間。

史黛菈就在這裡，在他們那一晚約定好的地方，一直等著自己。

——怎麼會演變成這種局面？

他必須道歉。

為自己無法履約而道歉。

他明明是這麼想的——

「…………、——啊、唔！」

一輝的喉嚨只發出有如悲鳴的呻吟。

眼角熱燙，喉嚨撕扯疼痛。

歉意無法化作言語。

他最後終於擠出的話語——

「可惡…………！」

只有憤怒，氣自己的不中用。

他並不恨天音。

只是憎恨自己，恨到想立刻將自己千刀萬剮。

他好不容易來到這裡，就只差最後一步……！

「～～～～——!!」

但是自己卻沒有堅持走完最後一步。

於是，他自己親手毀了一切。

他實在無法承受眼前的現實，這太過沉重了——

他太不甘心，甚至連一句「抱歉」都說不出口。

另一方面，史黛菈見到一輝悔恨而顫抖的模樣——

「我就是想聽這句話，想聽一輝的心聲，而不是道歉。」

——她彷彿眼淚即將奪眶而出，開心地低喃道。她的話語實在令一輝難以捉摸。

「史黛、菈……？」

一輝正要開口詢問史黛菈的話中之意。

史黛菈的動作比他早一步。她甩動秀髮，轉過身去：

「大家都聽見了吧！」

如此大喊道。下一秒——

『『喔喔喔喔喔喔喔喔喔喔喔喔喔————————!!』』

突然間，眩目的強光燒卻黑夜，數以萬計的歡呼與掌聲宛如豪雨(Squall)飛散一般，敲打在一輝全身。

他的目光全放在史黛菈身上，完全沒注意到觀眾席。仔細一看，明明七星劍武祭已經結束了，觀眾席上卻坐滿大批觀眾，人數和白天幾乎沒有兩樣，所有人朝著自己投以熱烈的視線。

「這、這到底是……」

狀況實在難以理解，一輝只能吐出千篇一律的台詞。

回答他的人，就在史黛菈的視線前端。

一位威嚴十足的禿頭老人，就站在巨大螢幕正下方。

他是七星劍武祭營運會會長．海江田勇藏。

他這麼說道：

「大家都在等著你清醒呢。」

「海江田會長……！可是決賽已經──」

「還沒結束，沒錯吧？」

他問向前方將觀眾席擠得水洩不通的觀眾。

觀眾回以更大的喝采：

『當然啦──────！』

『我們可是一直等，期待得不得了啊！』

『我都還沒看到〈紅蓮皇女〉與〈無冕劍王〉的比賽，七星劍武祭怎麼能結束！』

他們各自吶喊自己期待已久的結局。

而在那其中──

「哥哥──！你絕對、絕對要贏啊──！」

那是珠雫，只見她哭紅了眼眶，有栖院也陪在她身旁。

「黑鐵同學！史黛菈同學！兩位都要加油喔！」

刀華和彼方一起揮舞雙手。

「黑鐵，不用在意周遭的狀況啊！我們所有人會一起幫忙，你就儘管大幹一場吧！」

還有以諸星為首，在這場大賽中追求著相同目標，一路戰鬥過來的勁敵們。

每個人都追求著那場戰鬥。

那場令一輝悔恨到渾身發抖，期待至今的戰鬥。

「……各位…………」

「在場的人沒見到你和史黛菈的戰鬥，絕對不會善罷干休的。你們在這場圍繞著日本巔峰的七星劍武祭中，展現出一場場令人期待無比的戰鬥，才有這樣的結果——你可以以此為榮。」

伴隨著海江田的話語，史黛菈再次面向一輝——她在轉身的同時揮舞靈裝〈妃龍罪劍〉，劍尖指向一輝的鼻尖。

她以那熊熊燃燒的真紅眼眸緊擁一輝——

「一輝，現在就只剩你的意願了。」

「————！」

他面對所有人的心意，如同悲鳴般的嗚咽湧上喉頭。

不同於悔恨的淚水，帶著暖意的淚珠溫熱著眼角。

這不是施恩，也非同情。

他們只是非要見到自己和史黛菈的戰鬥不可。

——啊啊，這是多麼值得自豪的一件事。

他的答案早已決定了。不需要言語，一輝**彷彿要扯下什麼似地**，使勁抹去眼角的淚水，喚出〈陰鐵〉，以全身的力道敲擊眼前的〈妃龍罪劍〉——史黛菈的靈魂。

火星四散，鋼鐵與鋼鐵緊緊咬合。

他明明全力敲上了〈妃龍罪劍〉，劍身卻沉穩不搖，甚至沒有一絲輕晃。

手上的觸感，彷彿是用刀敲向巨大鐵塊似的。

一輝感受著手掌傳來的麻痺，品嘗著少女的強韌，他為之顫抖。

（就是這麼回事……！）

他歷經了各式各樣的戰鬥，擊敗了多如繁星的強者，果然——只有這名少女是特別的。他若是沒有與她一戰、沒有戰勝她——

不可能為這座夢想的舞台拉下布幕……！

「已確認兩位選手的戰意，敝人依照公約行使營運委員會會長權限，在此允許舉辦七星劍武祭決賽！比賽開始時間為明日晚間七點整！兩位選手請將身心調整至最佳狀態，以期不在比賽中留下任何遺憾!!」

「「是——!!」」

© Won

後記

各位讀者好，我是作者海空陸。

非常感謝各位購買落第騎士英雄譚第八集。

不知道各位是否讀得還盡興？

天音同學可真是個認真的孩子。海空如果也有像是〈女神過剩之恩寵〉的能力，早就挖著鼻孔，盡情享受簡單模式的人生啦。（笑）

不過，明明靠自己的力量達成一件事，卻感受不到其中應有的成就感，這種人生或許真的很空虛。我自己在ＧＡ文庫獲得優秀獎，出道成為小說家的時候，也是開心得蹦蹦跳跳的。真是令人難以抉擇呢。

接下來，劇情終於來到七星劍武祭篇的高潮，一輝與史黛菈的決賽。

他們兩人的約定一路引領著「落第騎士英雄譚」這部作品，而現在這個約定會有什麼樣的結果？

說得直接點，下一集就是至今所有故事的集大成。

我身為本書的作者，一定會傾盡全力描寫這段故事，還請各位多多支持。

說到這裡，落第騎士英雄譚的動畫終於開始播映了呢！（此指日本）

我自己也數次參加腳本會議，從很早之前就開始參與相關工作了，所以我真的非常開心。

不知道大家有沒有注意到，動畫第一集的前半段超級長呢。

因為以導演為首的工作人員，所有人都不想中斷史黛菈對上一輝的戰鬥，所以特別做了這樣的剪接，真的讓我很高興呢。

最讓我高興的是，第一集要進入片尾曲（曲子本身是片頭曲）前一刻的畫面，一輝伸出手想和史黛菈握手，史黛菈卻伸出了拳頭。

當我見到這一幕，我是真心認為，能讓這群人製作自己作品的動畫，真是太好了啊！

沒錯，她就是這樣的女孩子。

工作人員們充分理解了這部作品的方針，我真的非常感謝他們。

第二集又會是什麼樣子呢？我現在真的很期待。

——好了，稍微改一改話題。事實上，我八月的時候去了一趟台灣。

台灣地區是由尖端出版發售落第騎士這部作品，所以便在台灣舉行了小小的簽名會。地點是在台灣的安利美特，以及尖端出版在「漫畫博覽會」這個活動中的攤位裡。

我要出發去台灣之前，編輯一直瘋狂強調：

「台灣會熱死人」、「掛在脖子上的毛巾甚至會滿是鹽巴，變得粗粗的」

我聽見這些話，事前也有點戰戰兢兢的。不過，或許是去的時期剛剛好，又或者是編輯說得太誇張，我是在相當舒適的天氣之中，完成在台灣的工作。

說到去台灣的感想，我印象最深刻的就是——

非常多間7－Eleven！

7－Eleven明顯地比日本還要密集。

我在市區搭車的時候，大概每過一分鐘就看到一間。

就是多到這種程度。而且全家便利商店也相當多。

市區還有像是吉野家這種日本常見的輕食連鎖店，店裡賣的食物也有很多日本的點心、輕食，日本人的我真的在這個國家待得相當舒服。

對第一次出國旅行的日本人來說，這個國家或許是不二選擇呢。

不過我這次是去工作就是了。

不過，這次畢竟是我初次出國，外加第一次的簽名會，我一直都很緊張。

幸好有台灣編輯的協助，參加簽名會的台灣讀者們也熱烈參與活動，我在活動後半總算放下心來簽名。在幫讀者簽名的時候，其中也有人用日語留言為我加油，真的讓我很窩心呢。

這則後記應該也會在台灣翻譯後出版，所以在此向各位道聲謝。

我收到各位的鼓勵了，真的非常謝謝你們。

還有，海空在這次簽名會的時候，有一張不小心簽錯日期了。人只要簽名簽上幾百張，就算不會簽錯名字，也會搞不清楚今天幾月幾日了……而且那還是位女孩子！是落第為數不多的珍貴女性讀者啊！

我也藉這個機會向那位讀者謝罪，真的非常抱歉，對不起。

工作結束之後，終於有辦法進行第一次像樣的觀光了！

傳說中的夜市！我一直很想去一次啊。

聽說是台灣的白天太熱，在晚上買東西的人比較多，所以才漸漸發展出夜市。

我觀察過夜市裡陳列的商品，確實都是生活必需品。賣的東西和日本祭典的攤位不一樣，都是為了當地人需要的生活用品，像是衣服、雜貨等等。

雖然現在夜市成了有名的觀光勝地，不過終究還是為當地人而存在的地方，所以純粹逛逛也很有趣。

我還享用了傳說中的臭豆腐。

這種臭到不行的豆腐，在很多漫畫裡都有出現過。我從「和歌子酒」這部作品裡得知夜市裡有賣臭豆腐，在那之後就一直很期待呢。

好了，究竟會端出什麼恐怖的東西咧？我一邊緊張一邊點了菜。不過——

普、普通……

這是普通的炸豆腐吧？

不過，或許是因為店內已經飄出一股誇張的臭味，我的嗅覺經過過度刺激，早就短路了（笑）。所以我個人吃過的感想，就是一般的炸豆腐。

當時是由當地編輯兼任導遊，而就當地編輯的說法，我點的那道臭豆腐，味道還算是比較清淡，似乎還有更臭的臭豆腐。我下次去台灣的時候，一定要吃一次看看。

於是乎，我順利和國外的讀者交流，也吃到臭豆腐，這次的出差收穫真的相當多。台灣的各位，非常謝謝你們。

然後，我要感謝ＷＯＮ，一直以來為這部作品畫了許多美麗的插畫，這次還配合動畫化，調整出臨時行程，真的非常謝謝你。

還要感謝負責漫畫版的空路小姐，漫畫版現在正好進入小說第二集的高潮。藏人正在大鬧特鬧，有讀者還沒看的話，請趕快去看吧！（此指日本）

接下來要感謝編輯，以及所有工作人員，非常感謝各位為了這部作品的動畫化盡心盡力。大沼導演與負責腳本的各位，各位總是修改腳本直到最後一刻，真的非常謝謝你們。

酒井幹郎先生，謝謝你唱出如此熱血的片頭曲。我都不知道我重播第二部宣傳動畫幾百次了。（笑）

還要感謝ＡＬＩ　ＰＲＯＪＥＣＴ，這首片尾曲完美又帥氣地唱出了史黛菈的心情，真的非常感謝你們。

最後，這部作品能夠做成動畫，全多虧各位讀者一路熱情支持。真的非常謝謝大家！

都是有各位的支持，一輝等人才終於有機會畫成動畫，躍動在螢幕上。

希望各位能享受這部作品。

那我們就第九集再會了，再見！

國家圖書館出版品預行編目資料

落第騎士英雄譚 8 / 海空陸 著 ; 堤風譯.
—1版.—臺北市：尖端出版, 2016.04
面 ; 公分.—(浮文字)
譯自：落第騎士の英雄譚
ISBN 978-957-10-5552-7(第1冊：平裝)
ISBN 978-957-10-5650-0(第2冊：平裝)
ISBN 978-957-10-5806-1(第3冊：平裝)
ISBN 978-957-10-5839-9(第4冊：平裝)
ISBN 978-957-10-5968-6(第5冊：平裝)
ISBN 978-957-10-6044-6(第6冊：平裝)
ISBN 978-957-10-6211-2(第0冊：平裝)
ISBN 978-957-10-6338-6(第7冊：平裝)
ISBN 978-957-10-6500-7(第8冊：平裝)

861.57　　105001853

浮文字
落第騎士英雄譚 8
（原名：落第騎士の英雄譚 8）
著者／海空陸　封面插畫／WON　譯者／堤風
發行人／黃鎮隆　副總經理／陳君平　文字校對／施亞蒨
總編輯／洪琇菁　國際版權／黃令歡
執行編輯／曾鈺淳　美術編輯／陳又荻
企劃宣傳／邱小祐　內文排版／謝青秀
出版／城邦文化事業股份有限公司 尖端出版
台北市中山區民生東路二段一四一號十樓
電話：（〇二）二五〇〇七六〇〇
傳真：（〇二）二五〇〇二六八三
E-mail：7novels@mail2.spp.com.tw
發行／英屬蓋曼群島商家庭傳媒股份有限公司城邦分公司 尖端出版
台北市中山區民生東路二段一四一號十樓
電話：（〇二）二五〇〇—七六〇〇（代表號）
傳真：（〇二）二五〇〇—一九七九
北部經銷／祥友圖書有限公司
電話：（〇二）八五一二—三八五一
傳真：（〇二）八五一二—四二五五
中彰投以北經銷（含宜花東）／楨彥有限公司
電話：（〇二）八九一九—三三六九
傳真：（〇二）八九一四—五五二四
雲嘉經銷／智豐圖書股份有限公司 嘉義公司
電話：（〇五）二三三—三八五二
傳真：（〇五）二三三—三八六三
南部經銷／智豐圖書股份有限公司 高雄公司
電話：（〇七）三七三—〇〇七九
傳真：（〇七）三七三—〇〇八七
一代匯集／香港九龍旺角塘尾道六十四號龍駒企業大廈十樓B&D室
電話：（八五二）二七八三—八一〇二
傳真：（八五二）二七八二—一五二九
馬新經銷／城邦（馬新）出版集團Cite (M) Sdn. Bhd.
E-mail：cite@cite.com.my
法律顧問／王子文律師 元禾法律事務所
台北市羅斯福路三段三十七號十五樓
二〇一六年四月一版一刷
二〇一八年三月一版二刷

■中文版■

郵購注意事項：
1. 填妥劃撥單資料：帳號：50003021戶名：英屬蓋曼群島商家庭傳媒（股）公司城邦分公司。2. 通信欄內註明訂購書名與冊數。3. 劃撥金額低於500元，請加附掛號郵資50元。如劃撥日起 10～14日，仍未收到書時，請洽劃撥組。劃撥專線TEL：(03) 312-4212 ・ FAX：(03) 322-4621。E-mail：marketing@spp.com.tw